Alejandra Mendez

Das vorliegende Buch erscheint in den folgenden Ausgaben:

So wird man zum Bayern – Oder zum Berliner, Hamburger, Kölner, Schwaben, Sylter, Österreicher, Schweizer
ISBN Print: 978-3-86883-588-5
ISBN E-Book (PDF): 978-3-86413-877-5
ISBN E-Book (EPUB, Mobi): 978-3-86413-878-2

So wird man zum Kölner – Oder zum Bayern, Berliner, Hamburger, Schwaben, Sylter, Österreicher, Schweizer
ISBN Print: 978-3-86883-589-2
ISBN E-Book (PDF): 978-3-86413-879-9
ISBN E-Book (EPUB, Mobi): 978-3-86413-880-5

So wird man zum Schwaben – Oder zum Bayern, Berliner, Hamburger, Kölner, Sylter, Österreicher, Schweizer
ISBN Print: 978-3-86883-591-5
ISBN E-Book (PDF): 978-3-86413-881-2
ISBN E-Book (EPUB, Mobi): 978-3-86413-882-9

So wird man zum Hamburger –Oder zum Bayern, Berliner, Kölner, Schwaben, Sylter, Österreicher, Schweizer
ISBN Print: 978-3-86883-594-6
ISBN E-Book (PDF): 978-3-86413-885-0
ISBN E-Book (EPUB, Mobi): 978-3-86413-886-7

So wird man zum Schweizer – Oder zum Bayern, Berliner, Hamburger, Kölner, Schwaben, Sylter, Österreicher
ISBN Print: 978-3-86883-596-0
ISBN E-Book (PDF): 978-3-86413-889-8
ISBN E-Book (EPUB, Mobi): 978-3-86413-890-4

Alejandra Mendez

riva

Bibliografische Information der Deutschen Nationalbibliothek:
Die Deutsche Nationalbibliothek verzeichnet diese Publikation in der Deutschen Nationalbibliografie; detaillierte bibliografische Daten sind im Internet über http://d-nb.de abrufbar.

Für Fragen und Anregungen:
info@rivaverlag.de

1. Auflage 2015

Nymphenburger Straße 86
D-80636 München
Tel.: 089 651285-0
Fax: 089 652096

Redaktion: Mareike Fallwickl
Umschlaggestaltung: Kristin Hoffmann
Satz: Carsten Klein, München
Druck: CPI books GmbH, Leck
Printed in Germany

Inhalt

Vorwort

Wer nach Deutschland ziehen will oder das Bundesland wechselt, tut gut daran, sich mit den örtlichen Gepflogenheiten vertraut zu machen. Da geht es dem Spanier nicht anders als dem Hamburger: In der Oberpfalz verstehen sie erst mal beide nichts. Man kann sich noch so gut über die neue Heimat informieren, Vokabeln und Aussprache pauken, der Kulturschock ist vorprogrammiert. Stellen Sie sich nur vor, wie ein engagierter junger Spanier seine Umzugskisten packt, ein One-Way-Ticket löst und dann in, sagen wir, Köln landet. Während des Karnevals. Auf so etwas bereitet einen nichts vor, dem ist man einfach ausgeliefert. Doch egal, woher Sie kommen: Damit Sie nicht völlig ahnungslos in Ihr neues Umfeld tappen, sondern sich zügig integrieren, geben wir Ihnen diesen schonungslosen Leitfaden an die Hand. Hier erfahren Sie in sieben einfachen Schritten, was Sie beachten müssen, um nicht anzuecken (oder hochkant wieder rauszufliegen, siehe *Schweiz*).

Viel Spaß und toi, toi, toi!

Schritt 1: Essen – Quell der Freude und Verdauungsbeschwerden

Das Essen ist eine vorzügliche Gelegenheit, um Land und Leuten zu schmeicheln. Sobald Sie voller Inbrunst »Ich würde für diese *Nürnberger Rostbratwürste* oder diesen *Kaiserschmarrn* sterben!« glaubhaft rüberbringen, haben Sie es in die Herzen Ihrer neuen Mitbürger geschafft. Selbst wenn diese eingefleischte Vegetarier oder laktoseintolerant sind: Irgendwie keimt in ihnen trotzdem das Gefühl des Stolzes – als hätten sie ihr bisheriges Leben mit der Zusammensetzung und Zubereitung der Bratwurst oder des kaiserlichen Schmarrns verbracht. Zeigen Sie sich deshalb aufgeschlossen für die Gaumenfreuden und -leiden, die Ihnen Ihre neuen Nachbarn offerieren, sie werden es Ihnen danken.

Die Einzigen, die es Ihnen nicht danken, einfach weil sie sich generell nicht gerne bedanken und schon gar nicht bei Neuzugängen, sind die Berliner. Andererseits bietet das typische Berliner Gericht auch wenig Raum für Lobeshymnen: »Oooh, so einen leckeren Döner habe ich ja noch nie gegessen! Ob der Koch mir das Rezept verrät?«

Machen wir uns nichts vor: Ein Döner ist ein Döner ist ein Döner, und auch wenn es noch andere typische Berliner Gerichte gibt, wie zum Beispiel Kasseler mit Sauerkraut, sprechen allein die Zahlen für sich: Rund 1600 Dönerbuden gibt es in Berlin, mit geschätzten 60 000 Beschäftigten, ein eigenes Beraterunternehmen für Dönerbuden sowie eine Messe, die DÖGA. Angesichts der Verbreitung und des Symbolwerts müsste nicht der Berliner Bär, sondern der Döner auf Landesflagge und Wappen prangen! Zusammengeschnippelte Reste, billig verpackt, und die Hälfte landet auf der Straße, gepaart mit einem hohen Suchtfaktor – eine gelungene kulinarische Metapher für Berlin.

Wer nun die berühmte Berliner Currywurst ins Feld führt, dem sei gesagt: In Berlin kommen auf eine verkaufte Currywurst *einhundert* Döner-Kebab. In Sachen Pragmatismus steht die Currywurst dem Döner allerdings in nichts nach, da ist der Berliner konsequent: *Schnell musset jehn, satt musset machen.* Raffinierte Gewürze, aufwendiges Abstimmen von Garzeiten oder gar eine einigermaßen ästhetische Darreichungsform sucht man hier vergebens – wozu

Teller, wenn man auch aus einer Pappschachtel oder einer Papiertüte essen kann? Und zwar im Stehen! Servietten? Sonst noch was? Gläser vielleicht noch? Alles Chichi und Wuwu. Dass die Hackfleischeinkäufe nicht einfach direkt aus der Tüte in die Pfanne geschmissen, sondern vorher zu handlichen Buletten geformt werden, wie die Frikadellen in Berlin heißen, ist allein dem Umstand zu verdanken, dass es zu unpraktisch wäre, den Riesenplotz zu essen, da bräuchte man ja Besteck.

Für uns Zuwanderer ist diese rustikale Art insofern von Vorteil, als sich die Einladungen zum Essen in der neuen Heimat relativ einfach gestalten: Hier wird einen niemand schräg von der Seite ansehen, wenn man ein gebratenes Hähnchen vom Restaurant nebenan besorgt. Nennen Sie es nur *Broiler* statt Hähnchen, und schon haben Sie ein original Berliner Gericht aufgetischt! Vermeiden Sie hingegen die Diskussion um die Berliner (das Gebäck) und die Pfannkuchen, da verdrehen die Berliner (die Einwohner jetzt, nicht das Gebäck) die Augen so, dass sie ihnen fast in den Hinterkopf fallen. Die Berliner-Pfannkuchen-Diskussion geht so:

Zuzögling: »Wie, Pfannkuchen?! Das sind doch Berliner!«

Einheimischer: »So nennt man die in Berlin. Pfannkuchen.«

Zuzögling: »Aber wieso? Wie heißen denn dann bei euch die richtigen Pfannkuchen, also die flachen, die man in der Pfanne macht?«

Einheimischer: »Na ja, die heißen auch Pfannkuchen. Oder Eierpfannkuchen.«

Zuzögling: »Ja, aber das ist doch blöd. Da weiß man ja nicht, was gemeint ist.«

Einheimischer: »Verfatzda.«

Warum nun die Berliner ihre Berliner standhaft *Pfannkuchen* nennen, weiß man nicht. Etymologen versuchen seit Jahrhunderten, diesem Geheimnis auf die Spur zu kommen, und haben verschiedene Theorien entwickelt. Am wahrscheinlichsten jedoch ist wohl schlicht die Maulfaulheit der Hauptstädter: Sie ließen bei dem ursprünglich als »Berliner Pfannkuchen« bekannten Gericht einfach das erste Wort weg. Alles Chichi.

Sobald man die Stadtgrenze von Berlin hinter sich lässt, sinkt der Döner-Stellenwert gegen null, der Hang zum Unverschnörkelten aber bleibt: In Brandenburg gibt es Fisch mit Kartoffel. Dazu eine Art Hollandaise, die in Brandenburg Spreewaldsauce heißt und mit viel Sahne »verfeinert«

wird. Wie unverschnörkelt die Küche hier tatsächlich ist, kann man erfahren, wenn man sich ein *demi-glace à la Pückler*, also eine Eisspezialität nach Fürst-Pückler-Art, bestellt. Ein fürstliches Eis, stellen Sie sich nur die Spannung vor, wie das wohl aussehen mag! Adlig Gefrorenes! Was dann kommt, sagt alles über Brandenburg, was man wissen muss: Schoko, Erdbeer, Vanille.

Aber was will man auch erwarten von einer Region, deren Spezialität eine eingelegte Gurke ist. Ohne Witz. Die *Spreewaldgurke*.

Etwas komplizierter wird die Sache, wenn Sie sich, aus welchen Gründen auch immer, dazu entschließen sollten, nach Bayern zu ziehen, beziehungsweise nach Altbayern, also nach Ober- und Niederbayern, oder am Ende gar in – *Gott erhalt's* – die Oberpfalz!

Dort wird eine tiefe Zuneigung zu allem gehegt, was ein »Sch« im Namen hat: *Schweinsbraten, Schweinswürschtl, Schlachtschüssel, Schweinshaxn, Weißwürscht* und *Schpanferkel*. Wenn Sie Vegetarier sind: Ziehen Sie woanders hin. Ein vegetarisches Gericht, um eine wahre Begebenheit anzuführen, ist in einer bayerischen Gaststube Folgendes:

Bedienung: »Wiss'mas?« (Haben Sie schon gewählt?)

Gast: »Äh, ich hätte gerne was Vegetarisches, da finde ich gar nichts in der Karte ...«

Bedienung: »Wos ohne Fleisch?«

Gast freut sich: »Genau!«

Bedienung: »Da hätt'ma a Wurschtbrot.«

Gast: »Hm – vielleicht einen Salat? Haben Sie einen Salat?«

Bedienung: »Freili. Also oamal Wurschtsalat?«

Machen Sie sich keine Illusionen. Sie entkommen dem Fleisch nicht. Es sei denn, Sie ernähren sich von *Dampfnudeln*, *Auszognen* – wie Knieküchle hier heißen – oder von *Obatzdem*, einer besonderen Erfindung der Bayern, die im Nachhinein schwer nachzuvollziehen ist. Schließlich muss sich ja irgendwann mal jemand gedacht haben:

»Mensch, Kreizkruzifix, der Kaas is zwar scho fett, aber da geht no wos: Da hauma a Packerl Butter nei!«

So sind die Bayern. Gute Ideen, wohin man schaut. Geben Sie dem nach, machen Sie mit, denn wenn nicht, dann fehlt nur noch, dass Sie evangelisch sind, und so wird das nie was mit der Integration. Folgen Sie dieser Art der Ernährung, kann es freilich sein, dass Sie auch bald aussehen wie der typische Bayer auf dem Biergartenplakat: fröhlich blitzende Schweinsaugen, leicht rötliche Nase und ansonsten recht »gmiatlich«, eine der liebevollsten Umschreibungen für »adipös« in der Geschichte.

Einen besonderen Status in Bayern nehmen die Franken und Schwaben ein, nicht so sehr, was die Küche, sondern was die Zugehörigkeit betrifft: Die Franken sträuben sich mit Händen und Füßen, zu Bayern gezählt zu werden, bei den Schwaben ist es genau umgekehrt, da sträubt sich Bayern. Kulinarisch versucht sich Franken demnach auch möglichst abzugrenzen, aber seien wir ehrlich: Nur weil man statt dem Hinterlauf den Vorderlauf isst und es dann *Schäuferle* nennt – es bleibt ein Braten vom Schwein mit Knödel und Soß.

Recht erfolgreich in Sachen Marketing sind die Nürnberger mit ihren *Rostbratwürsten*, das sind Schweinsbrühwürste, die sie ein bisschen kleiner gemacht haben und als Marke schützen ließen. Sind Sie ein zukünftiger Franke, heben Sie die Qualität dieser Nürnberger Rostbratwürste in den Himmel. Für Sie ist es vielleicht nur ein Würstchen, für die Franken sind es sieben Zentimeter Heimatliebe.

Eine Bastion im schweinswürstigen Bayern gibt es aber dennoch. Falls es Sie nach München verschlägt und Sie über das nötige Kleingeld verfügen, können Sie sich ganz der typisch Münchner Lebensart erfreuen, das heißt: Kochen Sie unter keinen Umständen selbst und essen Sie nicht zu Hause. Gehen Sie aus und genießen Sie die typische Münchner Küche:

☞ Risotto und Pasta bei Giacomo

☞ Sushi an der Japanese Roll Bar

☞ Fisch-Curry mit Ingwer-Vinaigrette beim Thai

☞ Oder gut bürgerlich: ein Paar Schweinswürstl mit Kraut, zum Beispiel im Käferzelt auf dem Oktoberfest für 58,50 Euro.

Wen Sie im Käferzelt nicht antreffen (aber überall sonst): den Schwaben. »Oi bissle saumaessich deir hier«, denkt er sich und macht sich lieber zu Hause über irgendeine teigige Speise her. Was die Schwaben aus Mehl, Eiern und Wasser alles herstellen können, ist eine wahre Wonne.

Über die ganzen Spätzle-Dampf-Taschen-Schmarrn-Gerichte wird kräftig Soße, Brühe oder zumindest reichlich Butter gekippt – und schon ist sie fertig, die schwäbische Spezialität! Überflüssigerweise geben sie ihre Salate auf den gleichen Teller wie das Hauptgericht, weshalb das Auge nicht so gerne mitessen möchte. Die schwäbische Küche basiert auf dem einfachen, deftigen und unkomplizierten Essen vergangener Zeiten, Fleisch gab es selten, und Fisch kannte man auch nur den einen aus dem Bodensee: das Bodenseefelchen. Mit viel Butter, versteht sich. Die Mönche, die etwas weniger Not leiden mussten als alle anderen, gaben den *Maultaschen* einen schönen Namen: Da sie während der Fastenzeit kein Fleisch essen durften, versteckten sie das Fleisch zwischen Spinat in Teigtaschen, den Maultaschen, die deshalb auch *Herrgottbescheißerle* genannt werden. Machen Sie es den Schwaben ruhig nach: Verstecken Sie Ihre Meeresfrüchte oder Ihr Roastbeef in Teigtaschen und schütten Sie geschmolzene Butter drüber, dann fällt das nicht weiter auf.

Das Nationalgericht der Schwaben ist übrigens, völlig überraschend, ein Linsengericht: *Schwäbische Linsen*! (Ein umsichtiger Schwabe hat jedoch noch schnell Würstchen und Speck dazugegeben und Spätzle unter die Linsen geschmuggelt.)

Die Namen der Gerichte – wie eben »Maultasche« – sind durchaus irreführend, aber wenn Sie die Speisen auf der Karte nicht verstehen, können Sie sicher sein: Sofern es kein Getränk ist, ist es vermutlich weich, lecker und macht dick.

Auf die Spitze getrieben haben es die Reutlinger. Wenn Sie dort gefragt werden, ob Sie schon mal eine *Mutschel* gehabt hätten, und Sie nicht wissen, ob das vielleicht obszön gemeint ist oder sich jemand nach Ihrer Mutter erkundigt: Es handelt sich um ein achtzackiges Hefegebäck! Das – wie sollte es anders sein – am Mutscheltag gegessen wird. Der Mutscheltag ist der erste Donnerstag nach Dreikönig. Nur ein Unwissender wird fragen, was man an diesem Tag macht, denn die Antwort liegt natürlich auf der Hand: mutscheln! Dabei würfelt man um die wilden Gebäckstücke.

Das finden Sie eigenartig? Dann warten Sie erst mal ab, was die Reutlinger da würfeln! Machen Sie nicht den Fehler und übersetzen Sie dies Ihren Lieben zu Hause, die bekommen da einen völlig falschen Eindruck von Ihrer neuen Heimat. Die Spiele heißen:

☞ Große und kleine Hausnummer

☞ Nackets Luisle

☞ Langer Entenschiss

☞ Der Wächter bläst vom Turme

☞ Sieben frisst

Die Sache mit den irreführenden Namen hat man in Köln zur Kunst erhoben.

Oder vielleicht unterliegen hier Inhalt und Zubereitung des Essens strenger Geheimhaltung. Nehmen wir die weitverbreitete Blutwurst, die älteste überlieferte Wurstsorte. Sie wird sogar in Homers *Ilias* erwähnt, einem Werk aus dem 8. Jahrhundert vor Christus! Im römischen Reich wurde sie zu Ehre des Gottes der Fruchtbarkeit verzehrt, und auch ein Blutwurstverbot im Frühmittelalter wegen angeblicher Verbindung zu heidnischen Bräuchen konnte ihr nicht den Garaus machen. Wie nennen nun die Kölner diese jahrhundertealte, traditionsreiche Wurstspezialität? Diese Wurst aus Blut? Nennen sie die Blutwurst? Nein! Sie nennen sie *Flönz*. So sind die Kölner.

Und dazu gibt es *Himmel und Ääd*, also Himmel und Erde. Dabei steht »Himmel« für Apfel, weil der ja oben wächst, und »Ääd« für die Kartoffel, da diese im Boden wächst. Beides wird dann zusammen zerdrückt. Finden Sie das verwirrend? Da hat der Kölner aber noch ganz andere Gerichte in der Hinterhand. In Köln kann das hier auf einer Speisekarte stehen: *Äzezupp* und *Soorbrode*. Klingt nach altägyptischen Herrschern, nicht wahr? Ist aber Erbsensuppe und Sauerbraten. Der Sauerbraten ist dabei besonders zu beachten, denn die Kölner sind dem Pferdefleischskandal um Jahre voraus.

Sie verarbeiteten ihr Pferdefleisch schon immer im Sauerbraten, und zwar ganz ohne es umständlich über Zypern zu importieren.

Der beliebte *Rievkooche* ist lediglich ein Kartoffelpuffer, scheint aber in Köln aus unbekannten Gründen heiliggesprochen zu sein. Obwohl auf der ganzen Welt verbreitet, feiern die Kölner, die bis zum 18. Jahrhundert noch nie eine Kartoffel gesehen hatten, den *Rievkooche* als Beweis ihrer Erfindergabe und nennen ihn *Kölner Götterspeise*. Die Kölner Band Bläck Fööss hat dem Puffer sogar ein Liebslied geschrieben, den Rievkooche-Walzer: »Mamm, Mamm, schnapp d'r de Pann/Mir wolle Rievkooche han!«

Schräg? Schon. Andererseits wissen die Jecken aber auch ganz genau, was der Rievkooche noch ist: eine der besten Grundlagen für exzessives Feiern.

Den Vogel schießen die Kölner jedoch mit einem Gericht ab, das *Halver Hahn* heißt. Also genauer gesagt schießen sie den Vogel eben nicht ab, denn beim Halven Hahn handelt es sich nämlich nicht um einen halbe Hahn, sondern um ein halbes Roggenbrötchen mit Käse! Ein halbes Käsebrötchen! Dieser Umstand allein ist schon unglaublich genug, aber dass sich die Bezeichnung durchgesetzt hat, das ist Kölner Humor.

Einen ähnlichen Aufstand wie die Kölner um ihre Rievkooche machen die Hamburger um den Grünkohl. Aber bei allem Hurra um das Gemüse, es bleibt doch schlicht ein Kohl. Es ist kein Synonym für etwas anderes, kein Kosename und keine Herleitung von zum Beispiel »Feines Rinderfilet mit jungem Gemüse vom Stein**kohl**egrill«. Nein, es ist einfach nur grüner Kohl. Gegessen wird er mit einer Wurst oder mit einem Stück Kasseler und Bratkartoffeln, je nach Region. Zugegeben, sehr appetitlich sieht das Ganze nicht aus, aber vergessen Sie für einen Moment Ihre Paella, die Meeresfrüchteplatte, das Entrecôte und die selbst gemachte Pasta und trauen Sie sich an den Grünkohl. Auch wenn die Schwaben ihn als Hasenfutter verwenden: Er schmeckt viel besser, als er aussieht. Was man allerdings von den dazu gereichten Bratkartoffeln nicht behaupten kann, die werden nämlich nicht selten mit Zucker bestreut! Aus diesem Grund ist auch in Restaurants Vorsicht geboten. Nicht alles, was nach einem Salzstreuer aussieht, ist auch einer. Es scheint in Hamburg einen Hang zu einer süß-sauren Geschmacksrichtung zu geben. Deshalb dachte wohl auch jemand, dass Bohnen und Speck hervorragend mit Birnen harmonieren könnten. Was sie selbstverständlich nicht tun. Trotzdem hat sich *Bohnen, Birnen und Speck* als Gericht durchgesetzt. Es gibt sogar ein eigenes Wort für die Kombination von sauren oder salzigen Zutaten mit süßem Geschmack: *Broken sööt* (Gebrochene Süße). »Brechen« ist übrigens im Deutschen doppeldeutig, aber das nur nebenbei.

In Hamburg (und fast ganz Norddeutschland) ist außerdem ein Eintopf sehr verbreitet, der vornehmlich aus Steckrüben, Schweinebauch und Kartoffeln besteht. Der Hamburger nennt das zwar *Hamburger National*, überall anders heißt das Gericht allerdings völlig zu Recht *Rübenmalheur.*

Es gibt jedoch auch Erfreuliches auf den Hamburger Tellern, zum Beispiel *Franzbrötchen*, eine Zimtschnecke, die aussieht wie ein überfahrenes Croissant, und frischen Fisch. Die Fischküche ist vielfältig, weshalb es umso mehr verwundert, dass gerade der Aal, geräuchert oder als Suppe, eine herausragende Rolle einnimmt. Wobei einen kulinarisch gesehen eigentlich nichts mehr wundert, hat man erst (auf Empfehlung der Hamburger Freunde) eine Portion *Labskaus* bestellt. Man fragt sich auch nicht mehr, warum die Herrschaften so giggeln, denn was dann kommt, ist eine Art Mutprobe für Auswärtige: eine breiige, rosa Masse, schlecht versteckt unter einem Rührei, mit einer Gewürzgurke daneben. Manchmal auch noch mit Rote Beete und Rollmops garniert. Da denken Sie erst mal, dass es sich um einen Scherz handelt. Tut es aber nicht, die meinen das ernst! Ein Labskaus, für alle Abenteurer, die das probieren wollen, ist gepökeltes, gekochtes Rindfleisch, das mit eingelegter Roter Beete (daher die Farbe), Salzgurke, Zwiebeln und eventuell noch etwas Fisch durch den Fleischwolf gedreht wird. Das Ganze wird gedünstet und noch mal durchgekocht und mit Kartoffelstampf vermischt. Sie können es sich ungefähr vorstellen? Wollen Sie noch eins draufsetzen? Dann bestellen Sie *Schwarzsauer*, eine dunkelrot-schwarze Suppe aus geronnenem Blut mit Fleischresten und Schwarte, oder gleich die ostfriesische Variante mit den Füßen und dem Darm von Gänsen oder Enten. Aber ansonsten ist Hamburg toll, wirklich!

Wenn Sie allerdings freie Wahl haben, ausreichend Budget und eh schon da oben sind: auf nach Sylt! Da können Sie in einem der rund 300 gastronomischen Betriebe mit Fliesenwänden, maritimem Dekor und Messing-Klimbim an der Wand direkt am Meer importierten Fisch genießen! Vorausgesetzt, Sie haben einen Tisch gebucht. Zwei Wochen vorher.

Prinzipiell sollten Sie sich etwas beeilen, denn in Sylt wird in drei Schichten gegessen: um 18.30 Uhr, da werden Sie um 20 Uhr wieder rausgeschmissen. Da kommt nämlich die zweite Schicht, die wiederum um 21.30 Uhr den Mantel gebracht bekommt und Platz machen muss für die späte Schicht.

Wenn Sie auf fangfrische Spezialitäten der Insel scharf sind, halten Sie sich an Austern. Die Auster »Sylter Royal« ist garantiert einheimisch und die einzige Zuchtauster, die in Deutschland produziert wird. Drei Jahre dauert es, bis die jungen Felsenaustern in Aquakultur groß genug sind, um lebendig verspeist zu werden. Auch bei Miesmuscheln, Schollen und Krabben haben Sie gute Chancen, dass sie nicht vom Eismann geliefert werden. Um ganz sicherzugehen, können Sie aber auch eins der typischen Sternerestaurants der Insel besuchen. Zehn Sterne insgesamt sind auf der Insel verteilt, inmitten von, genau: Fliesenwänden, maritimem Dekor und Messing-Klimbim. Da genießen Sie dann alles, was noch nie ein Sylter Ureinwohner gesehen hat, wie Jakobsmuschelrosetten an schwarzem Perigord-Trüffel, Mieral-Entenbrust unter der Knusperhaube an Purple-Curryjus oder Schulter sous-vide vom Wagyū-Rind und Salsiccia-Tortellini. Wer sich das nicht leisten kann, macht es einfach wie die Einheimischen und isst Krabben. In der Suppe, auf dem Brötchen, zum Spiegelei oder zu Scholle, Krabbe geht immer.

Man kann sich durchaus an die Inselküche gewöhnen, man kann aber auch: nach Österreich ziehen! Die Vorteile sind:

1. Man kommt mit Deutsch ganz gut durch
2. Grießnockerlsuppe
3. Leberknödelsuppe
4. Schwammerlsuppe
5. Wiener Schnitzel
6. Geselchtes
7. Blunzengröstl

8. Tiroler Gröstl
9. Wiener Tafelspitz mit Kartoffelschmarrn
10. Zwiebelrostbraten
11. Gefüllte Kalbsbrust
12. Backhendl
13. Brathendl
14. Paprikahendl
15. (Martini-)Gansl mit Semmel- oder Serviettenknödel
16. Ente mit Knödel und Rotkraut
17. Erdäpfelknödel
18. Fleischknödel
19. Grammelknödel
20. Hascheeknödel
21. Kaspressknödel
22. Speckknödel
23. Semmelknödel
24. Serviettenknödel
25. Waldviertlerknödel
26. Eierfleckerl
27. Eiernockerl
28. Krautfleckerl
29. Gulasch auf Wiener Art
30. Kärntner Kasnudeln
31. Gefüllte Paprika
32. Surbratl
33. Käsekrainer

34. Debreziner
35. Bosna
36. Marillenknödel
37. Zwetschkenknödel
38. Topfenknödel
39. Germknödel
40. Kaiserschmarrn mit Zwetschkenröster
41. Salzburger Nockerl
42. Palatschinken
43. Powidltascherln
44. Kiachl
45. Wiener Apfelstrudel
46. Topfenstrudel
47. Mohnstrudel
48. Milchrahmstrudel
49. Mozartkugeln
50. Mohnnudeln
51. Mohnzelten
52. Apfelspalten
53. Dalken
54. Kipferl: Nusskipferl, Butterkipferl, Vanillekipferl etc.
55. Linzer Augen
56. Golatschen: Topfengolatschen, Marillengolatschen, Powidlgolatschen etc.
57. Manner-Schnitten
58. Pofesen

59. Sachertorte
60. Linzer Torte
61. Esterházy-Torte
62. Gugelhupf

Das sind 62 wirklich gute Argumente für Österreich. Wo Sie mit Deutschkenntnissen auch noch weiterkommen? In der Schweiz – vorausgesetzt, Sie hängen an die Gerichte hinten ein »i« dran. An das *Gipfeli* zum Beispiel, wie Croissants in der Schweiz heißen, oder an *Weggli*, die Brötchen, und an *Totebeinli, Bündnerli* und *Schüferli*, was alles Kleingebäck ist.

Ob Zmorgen, Znüni, Zmittag, Zvieri oder Znacht: In der Schweiz können Sie sich kulinarisch ruhig niederlassen (wenn Sie dürfen). Es gibt wenig böse Überraschungen, Sie können alles bestellen, was Sie nicht verstehen: Es klingt nicht nur niedlich, es ist auch größtenteils harmlos. Sind Sie vom nordischen *Schwarzsauer* geschädigt und deshalb zu Beginn noch aufgeregt, was für Zutaten sich wohl in *Luxemburgerli* verbergen, dann werden Sie sich schnell entspannen, wenn die runden, kleinen Macarons aufgetragen werden. Eine Art Plätzchensorte, wie auch *Brunsli, Chräbeli* und *Mailänderli*. Alles Plätzchen. Nur *Plätzli*, das sind Schnitzel. Selbst eigenartige Namen sollten Sie nicht abschrecken, ein *Eierschwämmli* ist nur ein Pfifferling und ein *Flädli* nichts anderes als ein Pfannkuchen.

Egal ob *Güggeli*, *Knöpfli* oder *Kräpfli*, die einzige Herausforderung der Schweizer Küche liegt darin, die Schweizer trotz dieser Namen ernst zu nehmen. Das einzige wirklich ernst zu nehmende Schweizer Essen wiederum ist ein großer Topf mit geschmolzenem Käse. Um das zu verschleiern, werden etwas Weißwein und Kirschwasser hineingemischt und es wird mit den verwendeten Käsesorten experimentiert, vielleicht wird sogar der Topf mit Knoblauch ausgerieben, aber am Ende ist es eben doch ein Topf mit geschmolzenem Käse. Es scheint besser zu sein, die Brotstücke, die in die zähe Masse getaucht werden, nicht zu verlieren: Unter Umständen findet man sich daraufhin barfuß im Schnee wieder oder zahlt eine Runde Schnaps. Ebenfalls überhaupt nicht auf die leichte Schulter nehmen die Schweizer die Schokolade, da verstehen sie keinen Spaß, also noch weniger als sonst. Kein Wunder, konsumieren die Schweizer pro Kopf weltweit am meisten Schokolade, nämlich zwölf Kilogramm pro Jahr.[1]

Suchard, Sprüngli, Tobler, Lindt, Maestrani und viele andere sind mit Beharrlichkeit dabei, den Schweizern zu ihrem Schoggi-Erlebnis zu verhelfen. Und Ihnen auch. Vorausgesetzt, Sie werden nicht rausgeschmissen, wie gesagt.

[1] *Stand 2013.*

Schritt 2: Getränke und Trinkverhalten

Sie können jahrelang hart arbeiten, um sich zu integrieren. Oder Sie gehen mit Ihren neuen Nachbarn trinken. Dann erreichen Sie dasselbe in nur einer Nacht. Ihre Aussprache wird fließend, auch in Sprachen, von denen Sie noch nie gehört haben, Sie schließen neue Freundschaften und finden womöglich die Liebe Ihres Lebens. Zumindest bis zum nächsten Morgen. In Deutschland haben Sie es da leicht: Die Deutschen saufen zwar nicht, trinken aber gern und oft. In der Schweiz haben Sie es etwas schwerer: Dort geht der Alkoholkonsum seit Jahren zurück. Geradezu trotzig verwandeln die Schweizer sogar den Aperitif, also den Schoppen Alkohol vor dem Essen, in einen Apéro. Und da kommen dann, schön auf einem *Apéro-Plättli* angerichtet: Schinken, Käse, Chips, Brot, Käse, Canapés und vielleicht sogar ein Gemüsedip. Da geht man recht wenig beschwipst raus, aus so einem Schweizer Apéro. Wenn Sie mehr der Typ sind, der gerne untergehakt auf Bierbänken steht und singend sein Bier in die Höhe hält, sind Sie hier falsch. In der Schweiz können Sie dafür an der Mahagonibar des James Joyce Pub einen Whiskey genießen oder in einer stimmungsvollen Jazzbar mit roten Ledersesseln, Holzbalken und gedämpfter Beleuchtung Diana Krall lauschen. Live. Sie können auch in gekonntem 70er-Jahre-Retro-Ambiente an Cocktails nippen. Oder in einer lauschigen Bar im Marokko-Style Tee schlürfen und anschließend in einem der Clubs im angesagten asiatischen Design mit angestrahlten Buddhas, Teelichtern und Lampenschirmen im Leopardenprint tanzen gehen. (Es sei denn, Sie sind weithin als Ausländer zu identifizieren, dann kommen Sie vermutlich nicht rein.) Wenn Sie zu Schweizern nach Hause eingeladen werden, wird dies auch selten in einem Vollrausch enden, dort nimmt man »ein Glas Wein zum Essen« wörtlich. Schön mit ein paar Freunden zu Hause kochen und essen und eine Flasche Wein dazu – für sechs Leute. Das verstehen Schweizer unter einem lustigen Abend. Das kann auch durchaus lustig sein, es könnte aber eben auch noch lustiger werden. Allerdings nicht in der Schweiz.

Dazu müssen Sie nach Köln.

Egal, woher Sie kommen, sobald Sie eine Kneipe in Köln betreten, dauert es im Schnitt sieben Minuten, bis jemand sagt: *Drink doch eine met*. Bei *eine* bleibt es nicht. Bis man herausgefunden hat, wie man den geschäftigen Mann im blauen Hemd davon abhalten kann, einem ständig neue Biergläser vor die Nase zu stellen, hat man schon einen sitzen. In Köln bestellt man nämlich nicht sein Bier, man bekommt es zugeteilt. Der Mann im blauen Hemd heißt *Köbes* und tut zwar das Gleiche wie ein Kellner, ist aber keiner. Er ist Vater und Mutter, Seelsorger und Psychotherapeut, Arzt und Freund. Der große Unterschied zu einem Kellner ist: Er ist dem Bier verpflichtet, nicht dem Gast. Das führt zu einem mitunter recht rüden Umgangston, wundern Sie sich also nicht, wenn er Ihnen gleich zwei Gläser Kölsch bringt: *Dann biste wat beschäftigt, un ich muss nit dauernd hin- und herlaufen*. Oder wenn Sie ein Wasser bestellen und der zuständige Köbes sich erkundigt, ob er Ihnen vielleicht auch noch Seife und ein Handtuch bringen soll. Das Einzige, was noch schlimmer ist als Wasser, und anscheinend auch schlimmer als Pest und Cholera, ist Düsseldorfer Altbier. Das ist so schlimm, dass es in Köln sogar Computertastaturen gibt, auf denen die Alt-Taste durch eine Kölsch-Taste ersetzt ist. Wenn Sie ein Risikosucher sind oder wenn Ihnen langweilig ist und Sie sich wünschen, es würde endlich mal etwas Aufregendes in Ihrem Leben passieren, dann bestellen Sie ein Alt in einer Kölner Kneipe. Und toi, toi, toi.

Wer völlig zu Recht bemerkt, dass eine Biermenge von 0,3 Liter nicht allzu lange Vergnügen bereitet, kann abkürzen und ein *Pittermännchen* bestellen. Das Pittermännchen ist ein Zehn-Liter-Kölschfass. Das ist ein bisschen wie Eimersaufen in Malle, nur auf Kölsch. Wie praktisch die Kölner denken, wenn es um Kölsch geht, ist gut am *Brauhauswanderweg* zu sehen: Während man sich in jeder anderen Stadt von historischer Sehenswürdigkeit zu historischer Sehenswürdigkeit schleppt und zwischendrin froh ist, kurz bei einem Bier Rast zu machen, machen es die Kölner genau umgekehrt: Auf dem Brauhauswanderweg durch alteingesessene Bier- und Brauhäuser kommt man an historischen Sehenswürdigkeiten vorbei. Man muss eben Prioritäten setzen! Auf dem Brauhauswanderweg gilt es zu bestaunen:

☞ Brauhaus Sion

☞ Brauhaus Gaffel am Dom (im Deichmannhaus)

☞ Brauhaus Früh am Dom

☞ Peters Brauhaus

☞ Gaffel Haus

☞ Haxenhaus zum Rheingarten

☞ Brauhaus Sünner im Walfisch

☞ Bierhaus en d'r Salzgass

☞ Brauhaus Gilden im Zims

☞ Brauerei und Brauhaus zur Malzmühle

... und Sie kommen vorbei an der Römerstraße, dem Kölner Dom, dem Rathaus, einer Kirche und zwei, drei anderen alten Gemäuern.

Wer diese Gewichtung vollkommen nachvollziehen kann? Die Bayern.

Bayern ist das Land, das einen *Verein gegen betrügerisches Einschenken e. V.* (VGBE) vorweisen kann. Dass es sich gegen das betrügerische Einschenken *von Bier* handelt, ist selbstverständlich und muss nicht extra erwähnt werden – worum sollte es sich schließlich sonst handeln. Um noch mal darauf zurückzukommen: Wenn Sie der Typ sind, der gerne untergehakt auf Bierbänken steht und singend sein Bier in die Höhe hält, dann sind Sie hier richtig! Lassen Sie sich in München nieder, wo die Leistung des Oberbürgermeisters daran gemessen wird, wie viele Schläge er beim Fassanstich braucht, damit das Bier fließt (Rekord: zwei Schläge, Christian Ude).

Sie werden sich in den Armen der Stadt wohlfühlen, die dafür verantwortlich ist, dass jedem Deutschen im Ausland sofort das Wort »Oktoberfest!« entgegengebrüllt wird.

Es ist wichtig, dass man in seiner neuen Heimat Seelenverwandte findet. Fragen Sie sich also, welchen Stellenwert Bier in Ihrem Leben einnimmt. Ist es Ihnen wichtiger als das tägliche Brot? Ja? Perfekt. Dann sind die Nachfahren der *Münchner Bierrevolution* die geeigneten Nachbarn für Sie. Diese fand 1844 statt, als König Ludwig aufgrund von Rohstoffknappheit den Bierpreis um einen Pfennig erhöhte. Am selben Abend stürmte das erzürnte Volk randalierend die Brauereien der Münchner Innenstadt. Da sogar das Militär den Einsatz verweigerte, lenkte der König wenige Tage drauf ein und nahm die Erhöhung zurück. Das Wichtige an dieser Anekdote ist: Die Erhöhung des Brotpreises kurz zuvor wurde ohne jeden Mucks hingenommen.

Sind Sie Durchschnittsverdiener, steigert es Ihre Lebensqualität enorm, wenn Sie sich nicht in München niederlassen, sondern in Franken. Franken ist auch Bayern – nur aussprechen sollten Sie das nicht unbedingt – und hat außerdem die höchste Brauereidichte der Welt. Absoluter Spitzenreiter: der Ort Aufseß. Da kommen auf 1400 Einwohner vier Brauereien. Um diese ganzen Biere zu trinken, veranstalten die Franken permanent sogenannte *Kirchweihen*. Bei den fränkischen Kirchweihen mag es sein, dass vor tausend Jahren einmal eine Kirche (oder Ähnliches) im Ort (oder in der Nähe) geweiht wurde (oder Ähnliches), tatsächlich ist die *Kärwa* die Veranstaltung, bei der dem fränkischen Bier gehuldigt wird, und davon gibt es ungefähr 600 über das Jahr verteilt. Ein Paradies.

Kein Paradies in dieser Hinsicht: Schwaben.

Aus unerklärlichen Gründen wird in Schwaben nämlich Wein hergestellt. Viele Sonnenstunden, Wärme, keine Staunässe: Alle Voraussetzungen für guten Wein sind hier nicht gegeben. Loben Sie diesen Wein trotzdem über alle Maßen. Sie müssen ihn aber noch lange nicht trinken: Jammern Sie einfach darüber, wie schwer er zu bekommen sei.

Auf die Qualität des selbigen weist der Weinberg in der Stadt Ravensburg hin, der heißt nämlich unter Ravensburgern: *Essigberg*. Es gibt sogar ein Buch mit dem Titel *Warum die Schwaben ihren Wein selber trinken*. Weil ihn sonst keiner trinkt, könnte man vermuten. Tatsächlich trinken die Schwaben im Schnitt viel mehr Wein als der Rest von Deutschland, nämlich 38 Liter pro Kopf, im Gegensatz zu den mageren 25,1 Litern der restlichen Bevölkerung. Und nicht nur aus der Not – viele Schwaben lieben ihren Wein, der nicht selten als *idealer Schorlenwein* angeboten wird. Also ideal, um ihn mit einem Haufen Wasser zu verdünnen, etwas für echte Weingenießer. Nicht selten heißt es ja bei Weinproben: »Ach, nicht schon wieder einen Barolo oder so einen langweiligen Château Lafite-Rothschild, haben Sie keinen schwäbischen Trollinger da?«

Das schwäbischste aller Getränke aber ist: *Moscht*. Also Most. Ein vergorener Fruchtsaft. Er ist aus den gleichen Gründen so beliebt wie der schwäbische Wein: aus unbekannten. Lediglich im südlichen Schwaben überwiegt der Hang zum Bier, allerdings mehr zum *Woiza*, was Hefe-Weizen auf Schwäbisch heißt. Rätselhaftes Schwaben.

Was man immer machen kann: mit Schwaben Kaffee trinken. Zwar nicht bei ihnen zu Hause, zumindest nicht in den ersten Jahren der Bekanntschaft, aber in einem Café jederzeit. Dieses Café steht vermutlich in Berlin, denn Berlin scheint der Ort zu sein, wo die Schwaben wohnen – glaubt man den Berlinern.

In Sachen Getränkekultur tut sich Berlin allerdings nicht hervor, um nicht zu sagen: Mit deren Biermischerei hat alles angefangen. All die Bier-Holunder-Kiwi-Guarana-Gemische haben gemeinsame Urgroßeltern: die *Fassbrause* und die *Berliner Weiße*. Wobei, *Weiße* trifft es nicht genau. Meistens hat das Getränk eine knallige rote oder grüne Haribo-Gummibärchenfarbe. *Mit Schuss* heißt diese Version. Den Schuss hat in diesem Fall das Getränk und nicht, wie man vielleicht annehmen könnte, der Wirt. Gäbe es im Barbie-Haus Getränke, dann sähen sie so aus. Gereicht wird der Traum in Pastell in einem Glas, das vermutlich dem heiligen Gral nachempfunden ist. Die Farbe entsteht durch süßen Waldmeister- oder Himbeersirup. Warum die Berliner Derartiges in ihr Bier schütten, wird einem klar, wenn man die Berliner Weiße pur genossen hat: Sie ist leicht säuerlich und erinnert irgendwie an schwäbischen Wein. Getrunken wird die Berliner Weiße mit einem Strohhalm, was zur Folge hat, dass nicht nur das Getränk nach Kindergeburtstag aussieht, sondern auch der Konsument.

Die *Fassbrause* hingegen ist ursprünglich für ein Kind erfunden worden, sieht aber wenigstens aus wie Bier: Ein Chemiker kreierte sie 1908 als bierähnliches Getränk für seinen Sohn. Basierend auf einem natürlichen Konzentrat aus Äpfeln und Süßholzwurzeln ist es eine Art Bionade, nur ohne hübsches Etikett. Inzwischen wird die Fassbrause auch mit alkoholfreiem Bier vermischt, vermutlich, um Kinder früh an den Geschmack von Bier zu gewöhnen. Eine Variante mit Alkohol gibt es für die Erwachsenen. Etwas, das als Bier-Ersatz gedacht ist, am Ende mit Bier zu mischen, zeichnet ein recht genaues Bild, wie Berlin funktioniert.

Wie die ehemalige DDR funktionierte, ist hingegen schön an einem besonderen Tropfen nachzuvollziehen: am *Pfeffi*. Pfeffi ist der Kosename für einen Pfefferminzlikör namens *Berliner Luft*, und nur wer diesen speziellen Geruch von verbranntem Öl-Benzin-Gemisch der Trabbis auf der ostdeutschen Seite der Stadt noch im Gedächtnis hat, kann sich an dem Namen Berliner Luft für ein Produkt aus Pfefferminze erfreuen.

Völlig unspektakulär, ohne Liköre, Farbstoffe, Strohhalme und Geschmacksverstärker, ist das großartige Gedeck *Molle mit Korn*, ein ehrliches Pils, auch *Blondet* genannt, dem ein Kornbrand zur Seite steht. Es bleibt abzuwarten, welche Namen sich die Berliner für die neue Getränkeflut aus Mango-Lassi und exotischen Fruchtsäften einfallen lassen.

Wenn Sie Mango-Lassi und Fruchtsäfte nicht so gern mögen, aber nichts gegen einen schönen Rausch einzuwenden haben, dann ist Sylt genau das Richtige für Sie. Dort gibt es *Teepunsch*, ein Getränk, das für den Bruchteil seines Lebens ein paar Gramm Tee sieht und sonst vor allem aus heißem Wasser und Kümmelschnaps besteht. Das klingt ein bisschen gewöhnungsbedürftig, ist es aber auch. Der Kümmelschnaps wird *Köm* genannt. Da im Niederdeutschen die Hoden auch als *Klöten* bezeichnet werden, können Sie sich nun ausmalen, wie Eierpunsch im Norden heißt: genau, *Klötenköm*.

Ganz normalen Tee bekommt man in Sylt vor allem in pittoresken kleinen Läden in winzigen Tütchen mit maritimen Motiven zu elf Euro pro hundert Gramm. Als linksdrehende Super-Friesen-biozertifizierte-5-Sterne-Mischung. Dazu gibt es für je einen Euro dünne Holzstocher mit einem Kandisstück am Ende. Ob diese Produkte je zum Einsatz kommen oder ausschließlich als Souvenir und Mitbringsel dienen, ist nicht bekannt.

Um an normalen friesischen Tee zu kommen, müssen Sie lediglich einen Hausbesuch abstatten: Für jeden Besucher, egal, ob er für Tage oder nur eine Viertelstunde bleibt, setzt man erst mal einen Tee auf. Dabei kommt ein Stück Kandis auf den Boden der Teetasse, dann eine schwarze, aromatische Teemischung und ein Schluck Milch. Und jetzt das Wichtigste: NICHT UMRÜHREN! Ein wirklich großartiges Getränk, finden viele. Heinrich Heine hingegen fand, dass Tee »sich von gekochtem Seewasser nur durch den Namen unterscheidet«.

Die Sylter Getränke kann man zusammenfassend so beschreiben: Was auch immer es ist, schütte Schnaps hinein. So ist ein weiteres beliebtes Getränk, der *Pharisäer*, angeblich entstanden, als ein Pastor der Halligen ein Alkoholverbot aussprach, woraufhin der Rum einfach in den Kaffee gekippt wurde. Sahne drauf, fertig ist das Schnapsversteck. Als der Pastor aber bei einer Runde Kaffee aus Versehen die Tasse eines Nachbarn erwischte, war ihm schlagartig klar, dass die roten Nasen nicht nur von der Kälte rührten. »Pharisäer!«, soll er damals ausgerufen haben, und seitdem heißt das Getränk so.

Ähnliches ist angeblich geschehen bei einer Beerdigung, auf der heißer Kakao ausgeschenkt wurde: Wenn also heute jemand *Tote Tante* bestellt, gibt er mitnichten ein Verbrechen in Auftrag, sondern hätte gerne etwas Rum und Sahne in seinen heißen Kakao. Generell scheint es, als wollten die Sylter ihren Alkoholkonsum vertuschen – der Glühwein heißt *Sylter Welle*!

Die Namensgebung alkoholischer Getränke ist mitunter irreführend, und zwar überall in Deutschland.

Fall es Sie nach Hamburg verschlägt, nehmen Sie nicht alles wörtlich. Die Alster zum Beispiel ist zwar ein Fluss, der durch Hamburg fließt und dementsprechend Wasser führt, das *Alsterwasser* hingegen besteht aus Bier und Zitronenlimonade. Verrückt, oder? Besonders, wenn man die Begründung hört: Der Fluss hatte einst eine so helle und klare Farbe, dass man das Biermischgetränk nach ihm benannte. Insofern könnte man heute die Bezeichnung eigentlich umändern in Cola-Weizen. Wenn Sie gern Bier trinken, achten

Sie darauf, dass es sich um die Marke *Astra* handelt. Astra hat es durch geschickte Underdog-Werbung geschafft, sich als szenisch-jugendliche Kult-Biermarke zu etablieren. Dazu wird zumeist Plakatwerbung genutzt, die eine Verbindung des Biers zum Rotlichtmilieu und sexistischen Klischees nahelegt. Auch die Rolle als bekennender Sponsor des FC St. Pauli kann zu dem Aufstieg als Kult-Kult-Kult-Getränk beigetragen haben. Abgeschaut haben sich das vier Essener, die kurzerhand ebenfalls ein Getränk auf den Markt brachten, das mit FC St. Pauli und Schweinkram nach dem Kultstatus strebt: ein Rotwein-Cola-Gemisch aus der Flasche namens *Kalte Muschi*. Es wird ungeheuer szenisch und jung beworben als »Rotwein Cola Zeugs« und ist das »offizielle Kaltgetränk des FC St. Pauli«.

Wo verkauft sich so was?, haben sich die Essener gefragt. In Hamburg, wo sonst! Wenn Sie sich also einen Funken infantilen Humor bewahrt haben, dann bestellen Sie doch das nächste Mal *Kalte Muschi*. Wenn Sie von der Barfrau eine gescheuert bekommen, kannte sie das Getränk noch nicht.

Hamburger sind generell offener für neue Kreationen im Getränkebereich: Über Hamburg startete die szenisch-jugendliche Kult-Bionade ihren Siegeszug, und die szenisch-jugendliche Colamarke *fritz-kola* wurde von zwei Hamburger Studenten erfunden. Sind Sie selbst szenisch-jugendlich, dann bietet Ihnen Hamburg alles an Getränken, was Sie sich nur wünschen können. Außer den genannten können Sie genüsslich an knallbunten *Lemonaid*-Flaschen nuckeln, deren Inhaltsstoffe ausschließlich von gerecht bezahlten, glücklichen Kleinbauern stammen – und haben Sie schon mal Limonade auf Englisch ausgesprochen? *Lemonade*? Ist das nicht ein großartiges Wortspiel? Lemon-aid? Und jetzt raten Sie, wie die gerecht bezahlte, glückliche Eistee-Sparte der Firma heißt. *ChariTea*! Es IST großartig. Selbst wenn Sie ein Fan des onkeligen Mate-Tees sind, wird Ihnen in Hamburg zu einem szenisch-jugendlichen Image verholfen: Dort können Sie *Mate 1337* konsumieren, ein Mate-Tee mit Kohlensäure und Koffein aus der Flasche. Und szenisch-jugendlichem Etikett.

Das Gegenteil von szenisch-jugendlich, also Österreich, setzt andere Prioritäten, die ebenfalls eine große Anhängerschaft begeistern. Dort lässt sich das Trinkverhalten auf einen Satz reduzieren:

Entweder es ist Kaffee – oder es knallt ordentlich in der Birne.

So einfach. Natürlich wird in Österreich auch Bier und Wein getrunken (und das weiß Gott nicht wenig), aber nichts kann es mit der Kaffeekultur und der Schnapsbrennerei der Österreicher aufnehmen. Sie haben schon Probleme damit, in einem Starbucks einen Kaffee zu bestellen? Das mit den verschiedenen Größen und Geschmacksrichtungen finden Sie verwirrend? Dann halten Sie sich von Österreich fern, denn hier könnte der Kellner Sie fragen: »Einen Biedermeier Kaffee oder einen kleinen Braunen? Oder vielleicht lieber einen großen Braunen? Einen Schwarzen mit etwas Schlagobers drauf? Wünschen Sie vielleicht einen Einspänner? Oder gleich einen Fiaker? Sie können natürlich auch einen Franziskaner haben oder einen Verkehrten, und besonders zu empfehlen ist unser Kaisermelange. Ist Ihnen eher nach einem Kapuziner oder einer Maria Theresia, oder sind Sie der Typ Mariloman? Oder mehr Mazagran? Mit einer Melange machen Sie nichts falsch, aber auch der Mocca ist hervorragend. Wenn Sie natürlich lieber einen Mozart-Kaffee möchten ... oder einen Obermayer? Vielleicht darf es ja auch eine Schale Gold sein oder schlicht ein Verlängerter. Oder ein Eiskaffee?«

Falls Sie in die Verlegenheit kommen, wählen zu müssen: Tun Sie so, als wäre nichts, und nehmen Sie einfach irgendeinen, sie schmecken alle gut. Wenden Sie dieses Prinzip nicht beim Schnaps an.

Jeder Österreicher, der einen verhutzelten Obstbaum im Garten stehen hat, verarbeitet den Ertrag zu Maische, lässt sie vergären und brennt daraus Obstbrand. Angeblich bekommen die Kinder in Österreich keinen Zauberkasten, sondern traditionell eine kleine Schnapsbrennrei geschenkt. Dabei ist es egal, ob es sich um Äpfel, Birnen, Kirschen, Zwetschgen, Mirabellen, Enzianwurzeln oder Vogelbeeren handelt: Österreicher machen Schnaps aus allem. Zur Not schmeißen sie einfach alles zusammen und nennen es *Obstler*. Sie sind eben hart im Nehmen, die Österreicher. Mitunter warten sie den Gärungsprozess gar nicht erst ab, sondern trinken den hefetrüben Traubenmost direkt »gärwarm« aus dem Fass, da kennen die nichts.

Vorsicht auch beim Verköstigen des sogenannten *Jagatees*: Dieser wird mitnichten aus Jägern, sondern aus Schwarztee und *Inländer-Rum* hergestellt! Inländer-Rum (auch Stroh Rum) ist ein Rum, der vor 1999 aus Ethylalkohol, Wasser und Aromastoffen hergestellt wurde, denn wo keine Kolonien, da kein Zuckerrohr. Man muss sich nur zu helfen wissen.

Schritt 3: Die Sprache

Wenn es um die Sprache geht, müssen wir mit Schwaben beginnen. Allerdings nur, weil Sachsen nicht dabei ist, sonst stände Sachsen an erster Stelle. Falls Sie noch nie Schwäbisch gehört haben: Das Schwäbische unterscheidet sich vom Hochdeutschen ungefähr so, wie sich südafrikanischen Klicksprachen vom Hochdeutschen unterscheiden. Nur dass es etwas fremder klingt. Das liegt unter anderem daran, dass im Schwäbischen viele Vokale durch die Nase ausgesprochen werden, weshalb sich schwäbische Schüler auch mit der Aussprache des Französischen leichter tun. Apropos *des* Französischen: In Schwaben existiert der Genitiv nicht. Das ist von Vorteil, wenn Sie die deutsche Sprache neu erlernen müssen: Ein Kasus fällt schon mal weg. Der Dativ ist dem Genitiv sein Tod? In Schwaben wurde er schon lange gemeuchelt. Auch was die bestimmten Artikel angeht, haben Sie es im Schwäbischen leichter:

Im Hochdeutschen:	Im Schwäbischen:
Der Mann	**A** Mã
Die Frau	**A** Frao
Das Kind	**A** Kend

Genial, oder?

Generell können Sie Wortanfänge und Endungen in der Regel weglassen, mit solchen Details schlägt sich der Schwabe nicht lange herum, er hat anderes zu tun. Als weitere Besonderheit wird Ihnen auffallen, dass der Schwabe an viele Substantive ein scheinbar völlig unnötiges *-le* hängt. Unwissende bezeichnen dies als »Schwäbischen Diminutiv«, also als Verkleinerungsform und Variante des Hochdeutschen *-chen* wie bei etwa Haus, Häuschen und Häusle, oder Schatz, Schätzchen und Schätzle. Aber noi, noi, noi, das ist falsch. Es ist viel mehr. In dieses kleine *-le* legt der Schwabe all sein Gefühl. Sagt ein Schwabe *Schätzle*, dann liebkost er seine Liebste mit diesem *-le* bis hin zur Intimität. *Schätzle, komm halt a bissle her* klingt vielleicht nicht sehr sexy, ist aber voll glühender, schwäbischer Leidenschaft.

So lustig das Schwäbische für Sie vielleicht klingen mag, sagen Sie das besser nicht. Viele Schwaben haben einen kleinen sprachlichen Minderwertigkeitskomplex. Vielleicht haben Sie das Motto der Baden-Württemberger Landesregierung schon mal gehört: »Wir können alles außer Hochdeutsch!« Das ist keine ironische, augenzwinkernde Koketterie. Das ist ein Fakt, auf den die Landesregierung alle Nicht-Schwaben freundlicherweise aufmerksam macht! Abgesehen davon ist der Schwabe völlig überzeugt davon, mit Ihnen Hochdeutsch zu reden. Schillers »Glocke« zum Beispiel fängt in Schwaben so an: »Feschdgemauerd in där Ärdn, schdähd die Form aus Lähm gebrannd …« Große Freude können Sie den Schwaben machen, wenn Sie »I han mei Schbätzlesbschdeck z'schbäd bschdelld« auszusprechen versuchen, was in Sachen Integrationslevel die höchste Stufe bedeutet. Werden Sie zu sehr ausgelacht, können Sie die Runde leicht verstummen lassen, indem Sie fragen, warum die schwäbische Butter männlich ist: *där Buddr*. Wenn Sie mit all dem zurechtkommen, lassen Sie sich ruhig bei den Schwaben nieder. Es sei denn, Sie heißen Astrid. Also Aschtrid, was auf Hochdeutsch *Arschtritt* bedeutet.

Eine Menge Schwäbisch ist angeblich in Berlin zu hören, was aber kein Wunder ist, Schwäbisch ist nämlich überall zu hören. Außerdem fällt in Berlin ein Großteil der Zugezogenen nicht weiter auf, nur den Schwaben erkennt man von Weitem, denn das Schwäbische ist extrem auffällig. Die Berliner in Mitte und Kreuzberg hassen die Schwaben – bis auf ihre Eltern, die finden sie schon okay. Die Italiener und Franzosen sind die am zweithäufigsten vertretenen Nationalitäten. Sie wissen nicht mal, was Schwaben sein sollen. Echte Ur-Berliner hassen hingegen niemanden und halten mit etwas dagegen, das mit vollem Recht als »Berliner Schnauze« beschrieben wird und unbekannten Quellen zufolge nach dem Ableben eines Berliners extra erschlagen werden muss.

»Und Gott hat das letzte Wort«, sagte ein Pfarrer am Grab einer alten Berliner Dame, woraufhin es sich der frischgebackene Witwer nicht verkneifen konnte, *Na da kannasij umkieken* hinterherzuschicken. So ist denn das Gesagte an sich mitunter viel Berlinerischer als die einzelnen Wörter wie *icke* und *dit*. Gesamtpakete wie diese:

☞ Knall dir selba eene, ick kann jrad nich.

☞ Lieb mir, oder ick zerhack dir die Kommode!

☞ Dir ham se wohl als Kind zu heeß jebadet.

☞ Ick hau dir jleich eene vor'n Bahnhof, dit dir sämtliche Jesichtszüje entjleisen!

- ☞ Doof is besser wie pucklich, dit sieht man nich so.
- ☞ Fall'n Se langsam, Frollein, ham Se mehr davon.
- ☞ Ick find mir hübsch, ick könnt mir dauernd küssen.
- ☞ Ick knutsch dir, bis de schielst.
- ☞ Dir ham se wohl mit de Banane aus'm Urwald jelockt.
- ☞ So wat lebt – und Schiller musste sterben.
- ☞ Da müssen schon Maschinen kommen und keene Ersatzteile.
- ☞ Du hast wohl lange nich mehr mit 'ne Krankenschwester poussiert?
- ☞ Hinjefall'n biste? Komm her, ick heb dir uff.
- ☞ Entschuldjen Se, dit ick jeboren bin, kommt och nich wieda vor.

Die Schnoddrigkeit wird auch hervorgerufen durch einige grammatikalische Besonderheiten, zum Beispiel die Anrede in der dritten Person Singular. Wenn Ihnen also zum Beispiel ein Fahrkartenkontrolleur gegenübersteht, Sie ansieht und fragt: *Hatter (oder hattse) denn ooch'n jült'jen Fahrausweis?*, dann drehen Sie sich nicht zu Ihrem Nachbarn, der meint schon Sie. Eine weitere Besonderheit kann Ihnen beim Erlernen der Sprache von großem Nutzen sein, die Berliner legen nämlich eine geradezu halsstarrige Weigerung an den Tag, die Pronomen *mir, mich, dir* und *dich* richtig zu benutzen. Dit könnense nich. Thematisiert wird diese Eigenheit in beispielhaften Sprichwörtern wie:

Mir und mich verwechsl ick nich. Dit kommt bei mich nich vor.
Meen Bruder, der steht hinter mich und sagt mich imma vor.

Oder auch sehr anschaulich in diesem Dialog:

»Watt weenst'n?«
»Mein Vadda hat mir jehaun.«
»Aber Paule! Mein Vater hat mich gehauen!«
»Waddn'n? Dir ooch?«[2]

---

[2] *Karl Krause (in Hans Ostwald:* Der Urberliner. *Paul Franke, Berlin 1925).*

Wer also keine Lust hat, die zugehörigen Akkusativ- und Dativpräpositionen zu lernen oder sich mit direktem Objekt und Wechselpräpositionen auseinanderzusetzen, der ist in Berlin froher als woanders.

Und dann sind da natürlich noch die Verrückten. Wenn Sie verrückt sind, dann ziehen Sie nach Berlin. Zum einen fallen Sie nicht weiter auf, und zum anderen werden Sie sich wohlfühlen. Frei nach der Operette »Fatinitza« von Franz von Suppé und dem Berliner Volksmund:

Du bist verrückt
mein Kind
du musst nach Berlin!
Wo die Verrückten sind
da gehörst du hin!
Du bist verrückt
mein Kind
du musst nach Plötzensee.
Wo die Verrückten sind
am grünen Strand der Spree!

Wenn Ihnen das Verrückte eher unheimlich ist, sind Sie in der Schweiz besser aufgehoben: Da steht jegliche Verrücktheit unter Strafe, sofern sie nicht vorab beantragt, genehmigt, beglaubigt und gestempelt worden ist. Mit der Sprache haben Sie es auch etwas leichter, denn selbst wenn Sie die Schweizer nicht verstehen: Die verstehen sich untereinander auch nicht. Offizielle Standardsprache ist das Schweizer Hochdeutsch (nicht zu verwechseln mit dem Schweizerdeutsch). Da die Deutschschweizer aber immer weniger Drang verspüren, auf Hochdeutsch zu kommunizieren, verstehen ihre Landsmänner, die diese Sprache lernen, nichts. Ob sie nun nicht Deutsch sprechen oder nicht Französisch, nicht Italienisch oder nicht Rätoromanisch, ist da auch schon egal. Falls Sie eine Frage nicht verstehen oder keine Ahnung haben, was das Thema der Unterhaltung ist, machen Sie es wie die Schweizer und sagen Sie den Satz, dem jeder Schweizer zustimmen wird: *Das ist von Kanton zu Kanton unterschiedlich.* Damit sind Sie fein raus. Wenn Sie außerdem ein paar einfache rhetorische Regeln befolgen, werden Sie sich mit den Schweizern schnell anfreunden.

1. Regel: Die Rückversicherung

Man könnte meinen, die Schweizer litten unter einem geringen Selbstbewusstsein, weil sie sich am Ende jedes Satzes der Zustimmung ihres Gegenübers rückversichern. Dies trifft immer zu, auch wenn sie von etwas zu 100 Prozent überzeugt sind, zum Beispiel von der Feststellung: Es ist kalt.

Er schlottert bereits seit Stunden, seine Lippen sind blau angelaufen, und seine Finger und Zehen spürt er nicht mehr, der Tod durch Erfrieren ist nah. Der Schweizer wird trotzdem sagen: »Mir ist kalt, *odr*?«, und nur absolute Anfänger werden ihm antworten: »Keine Ahnung? Friert dich denn?« Woraufhin der Schweizer ärgerlich wird: »Hab i grad g'sägt, *odr*?« Woraufhin der Anfänger erwidert: »Ja klar, hast du das jetzt schon vergessen?«

Missverständnisse sind da vorprogrammiert. Wenn sich der Schweizer erzürnt – und das ist einer der Vorteile der Schweizer –, dann ist das für Sie nicht weiter spürbar. Für die Schweizer Verstimmung hat der Ausländer keine Antennen. Erst wenn laut geschimpft wird, ist für Nicht-Schweizer Ärger zu erkennen. Falls es so weit kommt, vermeiden Sie es unter allen Umständen, zu lachen, sich auf die Schenkel zu hauen oder auch nur zu grinsen. Nur weil die Schweizer Ausdrücke verwenden wie *Passuf, Pürschtli!* oder *Henneg'schtörti, Tante!*, sind sie nicht weniger wütend.

2. Regel: Das *Ch* beachten

Ein Großteil der Wörter, die der Schweizer gebraucht, beinhaltet das *ch*. Wenn Sie sich fragen, wie das ausgesprochen wird: Sie wissen doch, wie es klingt, wenn jemand von ganz tief unten Spucke hochzieht, um diese anschließend neben sich auf den Boden zu schlatzen? Der Anfang von diesem Geräusch, das ist das Schweizer *ch*. Wenn Sie das erst mal draufhaben, ist es nur noch ein kurzer Weg zum *Chuchichäschtli*.

3. Regel: *-li*

Hängen Sie an 90 Prozent der Substantive ein verkleinerndes *-li* hintenan. *Blümli, Brötli, Säuli*. Wenn Sie sich nicht sicher sind: im Zweifelsfall **für** das *-li*. Einzige Ausnahme: Schimpfwörter. Versuchen Sie nicht, korrekt zu schimpfen, indem Sie Wörter wie *Vollidiotli, Hurensöhnli* oder *Deppli* verwenden.

4. Regel: Betonung

Betonen Sie zweisilbige Wörter auf der ersten Silbe, das klingt sofort professionell schweizerisch (*Bü*ro, *Fon*due, *Res*sort z. B.).

Wem das bereits zu kompliziert ist, der sollte Sylt meiden. Auf Sylt wird Sölring gesprochen (zumindest von den 32 Ureinwohnern der Insel). Sölring klingt nicht nur wie eine Fischsorte der Nordsee, es hat auch sonst nichts weiter mit dem Deutschen zu tun. Ein anderes Wort für Sölring ist Syltring, was ebenfalls nach Fischen klingt:

»Und Schatz, hast du was gefangen?«
»Och, nur ein paar Syltringe ...«

Der nördlichste der nordfriesischen Dialekte entstand ungefähr ab dem Jahr 800 und hat sich seither kaum verändert. Deswegen versteht man auch kein Wort. Vermutlich als eine Art Schutzmaßnahme gegenüber den Einflüssen durch die Touristenmassen beschützten die Sylter schon früh ihr Sölring und hüteten es wie Gollum seinen Schatz. Einen sehr, sehr kleinen Schatz: Obwohl die syltfriesische Literatur als die umfassendste der nordfriesischen Dialektliteraturen gilt, ist die Anzahl der längeren Romane in nordfriesischer Sprache überschaubar. Es gibt einen. Erschienen ist er 1833. Übrigens vom gleichen Autor, der auch die einzige nordfriesische Komödie verfasst hat. Er war der Vater von C. P. Hansen, einem überregional bekannten Chronisten und Lehrer, der Sagen, Erzählungen und Geschichten der Insel zusammengetragen hat. Sagen wir es so: Die Aussichten darauf, noch lange nach dem eigenen Tod als Autor von Sylter Literatur erwähnt zu werden, ist relativ hoch. Sprachrelevant besonders zu erwähnen ist angeblich auch eine Bibelübersetzung in die Sylter Sprache – die jedoch nie gedruckt wurde! All diese Fakten sind mitnichten ein Scherz der Monty-Python-Gruppe, sondern tatsächlich wahr. Falls Sie also einen Hang zum Skurrilen haben, dann ist Sylt ganz klar einer Ihrer Favoriten. Ich sage nur: *Di Hiir es Brir!*, was so viel heißt wie »Die Heide blüht« und ein bekanntes Sylter Gedicht ist. Wenn man Gefallen an dieser außergewöhnlichen Sprache findet, verfügt man über die idealen Voraussetzungen, um sich in die Sylter Gemeinschaft einzufügen, deren Originalität kaum zu übertreffen ist. Dies kommt auch schön an den Sylter Sprichwörtern zum Ausdruck.

Über einen sehr alten Mann sagen die Sylter:
Di Düüwel wel höm ek haa, en üüs Herigot heer höm auriiten.
(Der Teufel will ihn nicht haben, und der Herrgott hat ihn vergessen.)

Wenn eine Frau ein uneheliches Kind bekam, umschrieben es die Sylter so:
Diar es en Skep üp Strön' kemen.
(Der ist ein Schiff gestrandet.)

Und wer heimlich trinkt,
kniipet di Kat ön Junkens.
(kneift die Katze im Dunkeln.)

Lustig, aber schwer zu lernen. Wem das zu anstrengend ist, kann einen Hauch von nordischem Schick *Light* haben, und zwar in: Hamburg.

Dort gibt es nämlich nicht nur eine einwandfreie Hochdeutschvariante für alle, die sich mit Dialekten schwertun, sondern zugleich auch Plattdeutsch, das die anspruchsvolleren Ohren erfreut. Als Draufgabe wartet eine Art Anfänger-Platt, nämlich

Missingsch, eine Mischung zwischen Platt und Hochdeutsch und somit perfekt für Einsteiger geeignet!

Aussprache und Gebrauch der regionalrelevanten Vokabeln sind auch nicht weiter schwierig: Das *Moin* beziehungsweise *Moin Moin* ist für den Hamburger die Grußformel schlechthin, und: Moin kommt dabei keineswegs von »Guten Morgen«, sondern höchstwahrscheinlich von *Moyen Dach*, was aus dem Friesischen stammt und so viel wie »Schönen Tag« heißt.

Das *Moyen Dach* wurde abgewandelt zu *Moin Moin*. Das ist einfacher auszusprechen und bequem. Vielleicht halten Sie das für übertrieben, aber wegen des doppelte *Moin* gelten die Hamburger in anderen Teilen Norddeutschlands sogar als regelrecht geschwätzig!

Das macht den Hamburger aus: Hauptsache schön bequem. Aus »kommen« wird *kom*, aus »haben« wird *ham*, und *nicht* und *ist* können gut auf ihr *t* am Ende verzichten. Nur keine Silbe zu viel, lautet das Motto. Hast du, musst du, willst du? Das lässt sich vereinfachen! *Hassu, mussu, willsu*! Sie bedanken sich für irgendetwas, und was sagt der Hamburger? »Keine Ursache, war mir eine Freude!« natürlich nicht. Er sagt auch nicht: »Gern geschehen!« Der Hamburger sagt: *Dafür nich.*

Ein Ausbund an Herzlichkeit und Lebensfreude, diese Hamburger, aber ziehen Sie sie nicht damit auf, da sind sie empfindlich. Dann heißt es: *Rutsch mir den Puckel runder, und wenn du ankommst, schrief mir ne Postkord.*

Der Hang zur Verdopplung kurzer Wörter kommt auch bei dem recht eigenartigen Hamburger Ausruf *Hummel, Hummel, Mors, Mors!* zur Geltung. Zuzöglinge aufgepasst: Da braucht es mindestens zwei zu, einer ruft *Hummel, Hummel,* und ein anderer antwortet mit *Mors, Mors*. Rufen Sie nie beides!

Mit dem Ausdruck *Hummel, Hummel* ärgerten Anfang des 19. Jahrhunderts Kinder den Wasserträger Johann Wilhelm Bentz, woraufhin der, schwer beladen, sich lediglich mit einem *Klei di an'n Mors* wehren konnte, was so viel bedeutet wie *Leck mich am Arsch*. Dass die Hamburger nun das Ganze abkürzen und verdoppeln, scheint ein natürlicher Drang zu sein, aber dass sie es als eine Art Erkennungsspruch benutzen, mutet doch etwas eigenartig an. Die brüllen das sogar im Fußballstadion!

Auch das Englische wird gemäß den Hamburger Regeln bearbeitet, und so wird aus dem völlig korrekten Satz: *That will do*, also »Machen wir Schluss für heute«, der folgende Ausspruch, und das ist kein Witz: *Daddeldu!*

Die einfachste Erklärung, die Hamburger seien zur Aussprache komplizierter, mehrsilbiger Wörtern einfach nicht in der Lage, kann man mit einem Blick auf die plattdeutsche Sprache widerlegen. Da wird nicht *erklärt,* sondern: *verkasematuckelt*. Ist wirklich wahr. Da kann man sich auch gleich den Unterschied zwischen *Gnatzbüdel* und *Drönbüdel* verkasematuckeln lassen: der eine ist streitsüchtig, der andere ein Nörgler. Das Wort jedoch, aus dem der Hamburger Charme am schönsten leuchtet, ist das *Schietbüdel.* Zusammengesetzt aus *Schiet* (Scheiße) und *Beutel* ergibt es die herzlichste Bezeichnung für Babys, die man sich nur denken kann.

Direkt nach den Hamburgern in Sachen Herzlichkeit kommen die Bayern (obwohl sich diese Reihenfolge durchaus anzweifeln lässt).

Für Neulinge sind die bayrischen Dialekte zunächst Bücher mit sieben Siegeln, und in der Regel bleiben sie das auch. Bairisch kann mit einer derart komplizierten Grammatik und einer noch viel komplizierteren Aussprache aufwarten, dass die UNESCO das Bairisch im Jahr 2009 kurzerhand als schützenswert eingestuft hat. Das Einzige, das im Bairischen einfacher ist als woanders, fast schon schwäbisch einfach, sind die Artikel:

Weiblich:
De Mass. De Brezn. De Wiesn.

Männlich:
Da Butter. Da Teller. Da PC.

Sächlich:
Des Radio. As Internet.

Aber damit ist es mit der Einfachheit vorbei. Allein das umfassende Vokabular ist für Nichteingeborene nur mit großen Mühen und unter Gespött der Einheimischen zu erlernen. Auch die bairische Logik ist schwer vermittelbar und lässt sich nur stur auswendig lernen. Warum zum Beispiel die Bayern bei ihrer Begrüßung sich gegenseitig wünschen, ein mythologisches Fantasiewesen zu grüßen, bleibt für den Laien ein Rätsel. Dafür ist die Bezeichnung für einen engen Freund oder Kumpel wiederum von einem Getränk abgeleitet: dem *Spezi*. Mysteriöses Bayern. Esoterik heißt hier *Marienerscheinung*, und wenn man jemanden für grenzwertig zurechnungsfähig hält, nimmt man an, sein Hut würde brennen. Ein Merkmal der bairischen Sprache ist auch die langsame Steigerung im Ausdruck:

Jessas! / Herrje, was ist denn dir (alternativ: mir) nur passiert!
Jessasmaria! / Herrje, wie kannst du (alternativ: kann ich) das nur wiedergutmachen?
Jessasmariaundjosef! / Herrje, das ist nicht mehr gutzumachen!

Werden die oben genannten Ausdrücke einem Kind gegenüber verwendet, so folgt in Bayern in der Regel die sofortige körperliche Züchtigung, die wiederum ansteigend gestaffelt ist in:

☞ Die *Watschn*, die es auch im Zehnerpack gibt und die man sich einfängt, wobei in Bayern irrtümlicherweise angenommen wird, dass *Watschn* auf Bäumen wachsen, den sogenannten *Watschnbäumen*, die außerdem über eine ziemlich unstabile Verankerung zu verfügen scheinen – sie fallen nämlich leicht um.

☞ Die *Schelln*, die man kriegt, die also eine Art Geschenk darstellt, und

☞ die *Fotzn*, in die man *reinläuft*, sowie deren Steigerungsform, die *Bockfotzn*, nach der man nicht mehr weiß, warum man sie überhaupt bekommen hat, weil man sich an die Momente vorher nicht mehr erinnern kann.

Wenn Ihnen eine der Züchtigungsformen angeboten wird, dann meistens im Plural: *Glei fangst a boa*! Vorsicht: Bei dieser Ankündigung handelt es sich immer um eine Androhung körperlicher Gewalt, etwas anderes können Sie sich nicht einfangen. Es wird zu keinem Zeitpunkt über ansteckende Krankheiten oder seltene Schmetterlinge in diesem Zusammenhang gesprochen.

Ebenfalls einzigartig in der Vielfalt ist die Auswahl an bairischen Schimpfwörtern. Das Bairische sticht dabei als eine besonders pittoreske, fantasievolle Schimpfsprache heraus, bei der sogar dem ungeübten Hörer sogleich Bilder vor dem geistigen Auge erscheinen. Ob er will oder nicht:

☞ *Zipfelklatscher*

☞ *Brunzkachel, o'gsoachte*

☞ *Oide Scheißhausfliagn*

☞ *Hämoridngirgl*

☞ *Schiaglada Deifi*

☞ *Eiterwimmerl*

☞ *Schoastromme*

Doch wiegen Sie sich nicht in Sicherheit, nur weil Sie ein paar Schimpfwörter verstehen: Der Bayer kann sich so ausdrücken, dass niemand außer Eingeborenen der dritten Generation seines Heimatortes in einem Radius von maximal zwei Kilometern ihn versteht. Außenstehende würden diese Sprache vermutlich einem fernen Dialekt zuordnen – oder einem stotternden Volldeppen, je nach Sympathie. Versuchen Sie sich beispielsweise an dieser Blüte:

Do dadiad da da, do dadiad da da aa, und do daad da da aa dadian!

Dort verdorrt er dir, dort verdorrt er dir auch, und dort würde er dir auch verdorren! (Es geht um einen Blumenstock.)

Bayern wird oftmals als der Arsch der Welt bezeichnet, was so nicht stimmt. Allerdings wird jeder Bayer sofort zustimmen, dass man selbigen von dort aus sehen kann, nämlich: Österreich.

Obwohl Österreichisch und Bairisch viele Schnittstellen haben, merkt selbst der nördlichste Butt, dass sie sich gaaanz aaanders anhören. Dies liegt an den lang gezogenen, nasalen Vokalen, die Nicht-Österreicher am besten hinbekommen, indem sie sich die Nase beim Sprechen zuhalten. Da dies im Alltag befremdlich erscheinen mag, muss das Senken des Gaumens, was ein Ausstoßen der Luft durch die Nase möglich macht, erlernt werden. Und das war der einfachere Teil! Das österreichische Vokabular ist voller Wörter und Ausdrücke, die nicht nur anders sind als im Deutschen, es ist auch voller falscher Freunde und Einbahnstraßen für Unwissende. Dass man in Österreich Tomaten *Paradeiser* nennt, na gut – sollen die Österreicher doch ruhig denken, dass Tomaten Paradiesäpfel sind, aber Schluckauf zum Beispiel nennt der Österreicher *Schnackerl*! Vorsicht! Das kann zu Verwirrung führen, denn *schnackseln* ist auch ein gängiger Begriff für den Koitus.

Die Verwechslungsgefahr ist auch groß bei Wörtern, bei denen ein einziger Buchstabe einen großen Unterschied ausmacht: Ein *Seidl* zum Beispiel ist ein kleines Bier in Österreich, tauscht man jedoch das S gegen ein B, schon hat man einen *Beidl*, einen Hodensack! In diesem Sinne ist es nicht immer vulgär gemeint, wenn jemand nach etwas *G'spritztem* fragt, denn hier geht es nur um beigefügtes Sodawasser. Ruft der Österreicher hingegen *Olla*!, dann versucht er sich nicht im spanischen Grüßen, sondern braucht Kondome …

Andere Wörter prägen sich sofort ein, da sie nicht nur logisch, sondern für Nicht-Österreicher auch noch überaus niedlich klingen: Dass Stuhlbeine *Sesselhaxn* sind, wird jedem sofort einleuchten, und auch der in Deutschland geläufige Begriff des Arschgeweihs für die geschwungenen Tattoos über dem Steißbein wird als *Schlampenstempel* ohne Probleme verstanden. Sogar die Geliebte wird zu einer putzigen Angelegenheit, sobald sie ein *Gspusi* ist. Wer Österreichisch lernt und schon Hochdeutsch kann, muss sich auf ein paar Veränderungen einstellen. Die klingen im deutschen Ohr oft wie Fehler und sind mit schuld daran, dass den Österreichern manchmal unterstellt wird, ihre Betriebstemperatur laufe etwas untertourig. Österreicher setzen zwischen zusammengesetzte Hauptwörter oft ein *s*. Da kommt dann ein *Schweinsbraten* oder ein *Geschenkspapier* raus, was den Deutschen innerlich kichern lässt. Im Gegenzug lassen die mysteriösen Österreicher bei anderen Wörtern das »s« weg, was das deutsche Ohr nun vollends verwirrt, zum Beispiel bei *Adventkalender* statt Adventskalender, *Schadenersatz* statt Schadensersatz und *Schmerzengeld* statt Schmerzensgeld.

Zu den Vokabeln und den akustischen Feinheiten kommen noch versteckte Bedeutungen, die man sich gut einprägen sollte. Erwidert ein Österreicher zum Beispiel auf eine Äußerung Ihrerseits *Schauma mal*, kündigt er sein Schauen an. Dies ist die höchste Stufe österreichischer Unverbindlichkeit. Es ist eine Andeutung, sich um etwas kümmern zu wollen, ohne sich darum zu kümmern. Eine echt österreichische Abfuhr. Hören Sie hingegen *Passt scho*, handelt es sich nicht um den Ausdruck eines Einverständnisses. Es heißt so viel wie: Eigentlich bin ich anderer Meinung, will es anders und halte es anders, aber mache jetzt auch keine große Sache draus. Das ist exakt das Gegenteil von dem, was ein Kölner tut.

Kölner machen eine große Sache aus allem, im Positiven wie im Negativen. Wenn Sie also einem Kölner auf die Nerven gehen, kann es gut sein, dass Sie zu hören bekommen:

Dich hätte se besser en dä Wald jespritz,
do wärs ene schöne Tanneboom jewode.
(Dich hätten sie besser in den Wald gespritzt,
du wärst ein schöner Tannenbaum geworden.)

Fein ist das nicht, aber der Kölner ist nun mal nicht fein. Dafür im Gegenzug auch nicht sehr empfindlich. Was die kölsche Sprache betrifft, so handelt es sich um ein Paradoxon: Kein Dialekt ist so fest im Alltag verankert und bekommt trotzdem vehement prognostiziert, dass er ausstirbt. *Et hät noch immer jotjejange*, winkt da ein echter Kölner ab und kann immerhin drauf verweisen, dass in der Karnevalszeit sogar die Messe auf Kölsch gelesen wird. Nein, bevor Kölsch ausstirbt, steht der Dom unter Wasser. Die Kölner sind schließlich diejenigen, die es mit der Band BAP geschafft haben, dass noch in der letzten Dorfdisko in Niederbayern alle mitgrölen, wenn es heißt: »Verdamp lang her, verdamp lang, verdamp lang her ...!« Und von der Viva-Colonia-Hymne brauchen wir gar nicht erst zu reden. Von wegen aussterben, man muss viel eher besorgt sein, dass Kölsch Weltsprache wird. Lachen Sie nicht: Sie können in Köln die *Akademie för uns kölsch Sproch* besuchen und dort Ihr Kölsch-Abitur, das Kölsch-Examen und sogar das Kölsch-Diplom machen. Es geht hier wohlgemerkt um die Sprache, nicht um das Bier.

Im Kölsch-Kurs (oder diesem Büchlein) bekommen Sie auch die gängigen Fettnäpfchen erklärt, in die man als Zugezogener kopfüber hineinfallen kann: Zum Beispiel sich zu erkundigen, wie man von Köln nach Düsseldorf kommt. Oder wenn Sie ein Kölner auffordert: *Sag ens Blootwoosch!* (Sag mal Blutwurst!), dann möchte er mitnichten, dass Sie »Blutwurst« sagen. Er prüft vielmehr, wie weit Ihr Integrationsprozess vorangeschritten ist, denn wie Sie sich vielleicht aus dem Kapitel »Essen« erinnern, kann die einzig richtige Antwort nur sein: *Flönz!*

Wenn ein Kölner über *Ming Vasen* spricht, meint er vermutlich nicht Behältnisse aus der Zeit der Ming-Dynastie, sondern schlicht »Meine Vasen«.

Um möglichst schnell einen kölschen Einschlag zu bekommen, sollten Sie zwei Regeln beachten:

1. *Im Kölsche jit et kei G* (Im Kölschen gibt es kein G).
2. Lassen Sie die Endungen der Wörter weg, frei nach dem Motto *Kenne mer nit, bruche mer nit, fott domet* (Kennen wir nicht, brauchen wir nicht, weg damit).

Was die Grammatik angeht, machen Sie sich mit dem *Wemsing*-Genitiv vertraut: Wemsing heißt Wem-sein, also wo haben Sie zum Beispiel diesen leckeren Burger her? *Vun McDonald's sing Lade*!

Schritt 4: Das Erscheinungsbild

So gastfreundlich und aufgeschlossen, sympathisch und reizend die Kölner auch sind – das Beste, was man in Bezug auf ihr äußeres Erscheinungsbild sagen kann, ist: Man muss als Besucher nie das Gefühl haben, nicht gut genug angezogen zu sein. Für alle, die sich morgens nach dem Motto *Hauptsache sauber und kein Loch* kleiden, ist Köln nahezu paradiesisch. Sie haben noch nie etwas in Neonfarben besessen, und wenn Sie sich etwas kaufen, muss es die folgenden zwei Kriterien erfüllen:

1. Es lässt sich kombinieren.
2. Es ist praktisch.

Ist Ihre aktuelle Jacke oder Mantel schwarz, grau, braun oder dunkelblau? Ja? Dann werden Sie sich wunderbar in das Stadtbild einfügen. Wenn Sie einen Kölner mit zwei Komplementärfarben gleichzeitig am Körper sehen, ist entweder Karneval oder Christopher Street Day.

Das heißt jedoch nicht, dass den Kölnern und Kölnerinnen Modisches nicht gefällt – sie bringen Mode lediglich nicht mit ihrer eigenen Person in Zusammenhang. Wolfgang Petry kommt aus Köln, das sagt ja schon alles. Bemerkenswert ist in diesem Zusammenhang auch, dass Köln zwar wirklich viele bekannte Persönlichkeiten hervorgebracht hat, Schauspieler, Musiker, Politiker, Schriftsteller und Architekten, sogar ein paar Boxer, aber nur eine einzige Person, die irgendetwas mit Mode zu tun hat, und auch das ist lediglich Sarah Kern. Sogar die große Fachmesse für Alltagsmode, *Bread and Butter*, die in Köln und von Kölnern erfunden wurde, zog im dritten Jahr nach Berlin um. Das scheint ein altes Gesetz zu sein: Wenn du dich für Mode interessierst, musst du die Stadt verlassen. Es halten zwar einige kleine Boutiquen tapfer die Stellung, aber die Designszene wäre jetzt reif für die sieben fetten Jahre, sagen wir es so.

Vielleicht liegt es auch an dieser modischen Tristesse, dass der Kölner einmal im Jahr während des Karnevals in Sachen Outfit durchdreht. Das muss einfach raus, dieses bunte, lustige Kölsche, das sonst unter der schwarzen, grauen oder braunen Jacke versteckt wird. Und dann müssen sie es halt gleich übertreiben.

Große Spezialisten im Übertreiben sind in dieser Hinsicht auch die Berliner, allerdings ganzjährig. Nicht umsonst hört man Touristen oft stöhnen: »Berlin ist schon toll, aber auch sehr, sehr anstrengend.« Unerfahrene könnten vermuten, dass hier auf Lautstärke, Großstadthektik oder durchzechte Nächte angespielt wird, aber weit gefehlt: Berlin-Touristen halten sich am Ende des Tages nicht den schmerzenden Kater-Kopf oder verarzten die Blasen an ihren Füßen, sie reiben sich die Augen! Berlin ist *optisch* anstrengend. Da will man einfach nur morgens zum Bäcker und wird schon vor dem ersten Kaffee mit den neuesten Trends zum Thema *Verspielte Retromuster* konfrontiert! Neu-Berliner brauchen nicht nur buddhistische Gelassenheit und eine gehörige Portion Schlagfertigkeit, sie brauchen auch Augennerven wie Drahtseile. Ein Teil der Irritation rührt daher, dass Berlin in Sachen Mode immer ganz früh dran ist. Während man in Ingolstadt schon über Zeitschriften, Fernsehen und Internet an den Anblick von beispielsweise Baggy Pants gewohnt ist, bevor man ihnen auf der Straße gegenübersteht, trifft einen der Anblick in Berlin um Jahre früher und völlig unvorbereitet. Darum Vorsicht, wer nach Berlin zieht! Bevor Sie auf der Straße jemanden darauf aufmerksam machen, dass zum Beispiel der Rock hinten in der Strumpfhose steckt, überlegen

Sie immer: Könnte es sein, dass es Mode ist? Sehen Sie sich genau um. Tragen noch andere, vorzugsweise junge Frauen oder Männer, ebenfalls den Rock hinten in der Strumpfhose, handelt es sich vermutlich um einen neuen Trend. Der ein paar Jahre später auch Ingolstadt erreicht.

Den Höhepunkt der optischen Anstrengung bildet die Berliner Fashion Week im Juli, das ist eine ähnliche Veranstaltung wie der Kölner Karneval, nur kürzer und nicht so lustig. Da Berlin ein modisches Eldorado ist, wundert es auch niemanden, dass hier eine besondere Gattung Autoren zahlreich vertreten ist: die Modeblogger. Das sind überwiegend junge Frauen, die Fotos von sich in verschiedenen Posen und in unterschiedlicher Bekleidung mit leicht geöffnetem Mund im Internet veröffentlichen. Dazu gibt es Beiträge über viele interessante Themen mit den bezeichnenden Überschriften:

☞ »Ich träume von der Boy Bag!«

☞ Mary-Kate Olsens Gespür für Pastell …

☞ Interessantes Interview mit *Irgendeinem-Model-das-halt-geradeaus-gehen-kann*

Aber seien Sie unbesorgt, ich übertreibe. Nicht ganz Berlin sieht so aus wie beschrieben. Nur die eine Hälfte. Die andere Hälfte trägt Kopftuch und ihre Begleitung Vollbart, wobei – vielleicht ist das nur der neueste Trend unter Berlinern, und in Ingolstadt dauert es lediglich wieder etwas länger, bis der Style ankommt.

Apropos Ingolstadt: Die Mode, die Sie in Bayern sehen, hat nichts mit Karneval zu tun, sondern ist ernst gemeint. Man nennt es Tracht. Seit einigen Jahren ist in Bayern durch ein neu gewonnenes Selbstbewusstsein der jüngeren Generation der Mut zum Ortsbekenntnis gewachsen, was sich auch am äußeren Erscheinungsbild der jungen Bayern zeigt. Der junge Groß- und Außenhandelskaufmann schlüpft am Wochenende in die Lederhosen, die Pädagogikstudentin schnürt sich ins Dirndlgewand, und auf geht's zum Schützenfest. Tatsächlich sind bei öffentlichen Veranstaltungen inzwischen wesentlich mehr Trachten zu sehen als noch vor zehn Jahren – zur Freude der Touristen, denn genau so haben sie sich das vorgestellt. Wer als Neuzugang nach Bayern kommt, hat es jedoch in der Regel schon schwer genug, da sollte man das Überziehen von herkunftsfernen Lederhosen eher vermeiden. So eigenartig es auch klingen mag, aber dem Bayern ist ein, sagen wir, sächselnder Mann in Lederhosen einfach nicht geheuer. Da sind sie zu lange verarscht worden, das können sie nicht glauben, dass sich jemand von außerhalb völlig frei von Ironie zum Bayern machen will. Und wenn noch so viele Touristen auf dem Oktoberfest ein Trachten-Schaulaufen veranstalten, da sind sie misstrauisch. Die plötzliche Liebe der Welt zu bayrischer Tracht hat nämlich nichts mit der Liebe zu Bayern zu tun. Die Bayern sind für den Rest der Welt immer noch die provinziellen Seppl, denen man alles zwei Mal erklären muss. Lederhosen, rot kariertes Hemd, Hütchen und Dirndl sind lediglich Kostüme, die man rechtzeitig vor dem Oktoberfestbesuch bei H & M besorgt, so, wie man vor Halloween einen Kürbis kauft. Das ist keine Liebe, das ist Event-Fasching. Das spüren die Bayern instinktiv, und deswegen werden sie auch so mürrisch im Angesicht von pinken Minnie-Maus-Dirndln, die kurz unter dem Po aufhören, und T-Shirts mit Lederhosenträgern-Print. Also noch mürrischer als sonst eh schon. Das kann man ihnen nicht verübeln.

Wenn Sie sich an die Keine-Lederhosen-Regel halten, haben Sie schon gewonnen. Der Rest besteht darin, nicht aufzufallen. Wer gerne Farben trägt, hat schnell seinen Spitznamen als Papagei weg. Oder noch schlimmer: Es wird gemunkelt, er könnte *vom anderen Ufer* sein. Vivienne Westwood hätte in Bayern keine Karriere gemacht, so viel ist klar. Wenn Sie trotz allem modisch sein möchten, dann wählen Sie ein Kleidungsstück, das ebenso typisch bayerisch ist wie die Lederhose, aber deutlich mehr Understatement mitbringt: einen Lodenmantel. Lang, schwarz oder grau, mit Rückenfalte, verdeckter Knopfleiste und einem grün unterlegten Kragen.

So einen Mantel können Sie immer tragen, sogar in Hamburg. Die Hamburger stehen auf Understatement. Für Hamburger ist Understatement das Aller-aller-größte. Jil Sander ist zum Beispiel Hamburgerin, und die Schneiderin von Angela Merkel auch, und mehr Understatement geht eigentlich nicht. Doch: Karl Lagerfeld. Auch ein Hamburger.

Kühle Eleganz, Zurückhaltung und Schlichtheit sind hier gefragt. Die Hamburger tragen ihre inneren Werte auch in textiler Form mit sich herum. Während in anderen Bundesländern die Verkäuferinnen versuchen, ihre Kundinnen mit den Sätzen:

☞ Das steht Ihnen ausgezeichnet;

☞ Macht eine tolle Figur;

☞ Das sieht auch zu Jeans gut aus;

von einem Kauf zu überzeugen, hören Sie in Hamburg hingegen:

☞ Ein ganz klassisches Stück.

☞ Diese Kombination ist leiser Luxus.

☞ Die edlen Materialien betonen die Silhouette.

Deshalb ist auch das allerschlimmste Adjektiv, das Hamburg zu vergeben hat: protzig. Da versteht der Münchner in seinem roten Porsche natürlich die Welt nicht mehr – was soll denn daran schlecht sein? Und auch seine Begleitung sieht an ihrem trägerlosen Oberteil und dem Ledermini herunter: Stimmt etwas damit nicht?

Es stimmt natürlich alles, der Porsche ist toll, und die Dame sieht bombig aus, aber in Hamburg – well. Da wäre sie in einem blauen Hosenanzug besser aufgehoben. Als ausgefallenes Accessoire käme ein lässig um den Hals geschwungener, hellblauer Schal infrage. Eventuell. Falls Sie sich fragen, wo es diese blonden, zeitlosen Frauen aus der Werbung gibt, mit dunkelblauen Jeans und weißer Hemdbluse, mit Halstuch passend zu den Schuhen, weißen Zähnen und Perlenstecker-Ohrringen: Die wachsen in Hamburg. Die jüngere Generation ist da natürlich ganz anders: viel wilder und verrückter. Die machen schon mal einen asymmetrischen Schnitt in den Poncho oder einen Reißverschluss statt einer Knopfleiste.

Leger wird es, wenn der Hamburger Freizeit hat und an der Elbe spazieren geht oder seinen Weimaraner-Hund ausführt: Dann zieht er einfach im Parka los. Also in dem, was der Hamburger für einen Parka hält: einem knielangen Traum aus vegetabil gegerbtem Elchleder mit Paspelknopflöchern, Echthornknöpfen und RiRi-Zweiwege-Reißverschluss, wattiert mit einem Baumwollvlies aus Merino-Schurwollgewebe und gekrönt von einem Kaschmir-Beanie und passenden Handschuhen aus Curleylammfell. Wenn Sie in diese wunderschöne Stadt ziehen wollen, gehen Sie vorher shoppen. Um nicht aufzufallen, können Sie eine ganz einfache Regel befolgen: Gehen Sie auf *www.manufactum.de* und sehen Sie unter dem Themenpunkt »Bekleidung« nach. Kaufen Sie alles vom Piquèhemd bis zur Herrensocke aus Kamelhaarzwirn. Fertig!

Auf dieser Seite können Sie auch gleich bleiben, wenn Sie nach Sylt wollen. Nehmen Sie einfach alles, was Sie in den Farben Blau und Weiß finden können. Wissenschaftler haben herausgefunden, dass 90 Prozent aller Matrosen-Ringelshirts von Sylt-Touristen gekauft und getragen werden. Das gilt auch für Fischerhemden, Takelhemden, Friesennerze, Triumph-Gummistiefel und T-Shirts mit Anker-Aufdruck. Die gleichen Wissenschaftler haben auch festgestellt, dass nirgends so viele Paare die eigenartige Marotte pflegen, die gleichen Kleidungsstücke zu tragen, nur in verschiedenen Größen.

Ganze Sommereditionen von Frauenzeitschriften widmen sich diesem Thema. Wenn Frau Knödel aus Braunschweig auf Sylt aufschlägt, dann im sportlich elitären Damen-Polo-Shirt mit Segelmotiv-Patches von Sansibar, weißen dreiviertellangen Stoffhosen und Segeltuchschuhen. Eine Kombination, die hervorragend dazu geeignet ist, nach dem ersten Spaziergang matschbraun und nass in der Nähe einer Heizung aufbewahrt zu werden. Nur gut, dass es auf der Insel überall hübsche Seemannspullover aus Merinowolle zu kaufen gibt. Bei der Gelegenheit kann man auch gleich den Retro-Seesack *Ahoi Marie* für die Daheimgebliebenen besorgen und die süßen gestreiften Leinen-Espadrilles für siebzig Euro, falls doch noch die Sonne rauskommt.

Für einen besonders authentischen Sylt-Aufenthalt kann man sich mit temporären Seemanns-Tattoos eindecken. Anker, Segelschiff, Totenkopf oder ein Herz mit Pfeil, es ist alles im praktischen Tattoo-Set vorhanden und kann vor der Abreise bequem mit Seife wieder abgewaschen werden. Die typischen dunkelblauen Herren-Strickmützen mit doppelt umgeschlagenem Rand dürfen ebenfalls nicht fehlen, natürlich vorzugsweise aus 100 Prozent Merinowolle und nicht aus der derben Schurwolle. Abgesehen von diesen Klassikern müssen dann nur noch die aktuellen Trends beachtet werden, was die Spannung jede Saison steigen lässt: Wird es ein Sommer in Pastell? Hat mein Halstuch den richtigen Mint-Ton?

Sollten die Jeans besser im Used-Look oder im Batik-Look sein? Ist abends eher der elegante Jump-Suit oder das Bôheme-Hippiekleid angesagt? Sind die Hot Pants kurz genug und die schweren Stiefel dazu lässig genug? Und wie bekomme ich braune Füße trotz der Stiefel?

Knifflig, die Modefrage auf Sylt.

Wenn Ihnen das alles zu blöd ist, können Sie sich natürlich auch kleiden wie die Einheimischen: Jeans, Pulli und wasserdichte Jacke.

Wesentlich unaufgeregter geht es im Schwabenland zu. Schwaben ist die Moderegion, in der Pullunder völlig ironiefrei getragen werden. Ein Reservat, sozusagen. Kennen Sie den Spruch *Punk is not dead*? Hier wurde er gar nicht erst geboren.

Es heißt, die Farbe Beige sei hier erfunden worden, die Farbe, die es einem möglich macht, völlig mit dem Hintergrund zu verschmelzen. Sie wollten schon lange mal wieder eine Cordhose sehen? Oder eine dieser Damen-Seidenblusen mit Schleife? Dann nichts wie auf nach Schwaben! Das Gute ist: Shoppen geht hier schnell und tut nicht weh. Wenn Sie im Schwabenland sind und ein neues Outfit brauchen, müssen Sie keine Designerläden und verborgene Boutiquen aufsuchen: Gehen Sie zum nächsten Kaufhaus, fahren Sie hoch in die Damenabteilung (respektive in die Herrenabteilung) und bitten Sie die nächste Verkäuferin um etwas *Peppiges*. Schon wird man Sie kaum von alteingesessenen Schwaben unterscheiden können. Ganze Reisebusse voller Beamtenanwärter streifen vor dem Antritt eines Arbeitsverhältnisses durch die Fußgängerzonen schwäbischer Städte, um sich einzukleiden oder um sich inspirieren zu lassen. Der Schwabe ist nicht sehr geübt darin, modisch die Sau rauszulassen, und hat auch gar kein Bedürfnis danach. Da kann er im Büro noch so ein wildes Muster auf der Krawatte haben, wenn dem Schwaben kalt ist, zieht er eine Strickjacke drüber. Das pragmatische Verhältnis zu Mode ist eine der vielen liebenswerten Eigenarten der Schwaben. Wenn Sie einem Schwaben ein Haute-Couture-Modell von Dior zeigen, wird er immer sagen: *Wr soll noh sowas anziehe?* Darum kommt auch die Firma Hugo Boss aus Schwaben: Die verkaufen seit 1924 den gleichen Anzug. Das ist verlässlich, da weiß man, was man hat.

Allein im Urlaub wird es in Sachen Mode etwas bunter am Schwaben, da wickelt die Dame sich für den Strand in ein Tuch mit Batikmuster und lässt sich gleich noch afrikanische Zöpfchen auf die weiße Kopfhaut flechten, während er ein T-Shirt mit einem lustigen Spruch vor sich herträgt:

Gottes schönste Gabe
ist der Schwabe,

prangt da zum Beispiel oder:

> Deutscher durch Geburt,
> Schwabe durch die Gnade Gottes.

Natürlich sehen nicht alle Schwaben im Urlaub so aus. Der Rest verschmilzt nur optisch mit dem Sand im Hintergrund.

Wenn Sie nach diesem Ausflug in den schwäbischen Kleiderschrank immer noch davon überzeugt sind, dass Sie hier glücklich werden, machen Sie eine kleine Liste mit Dingen, die Sie im Vorfeld besorgen können:

☞ Textilechtfarbe für die Waschmaschine in Beige

☞ Ein Twin-Set, wenn Sie eine Frau sind, sowie:

☞ Einen Bleistift-Rock, nicht eng anliegend, nicht geschlitzt, nicht über dem Knie aufhörend

☞ Eine Bluse

☞ Falls Sie ein Mann sind: einen Pullunder, eine Cordhose, ein kariertes Hemd und eine passende Krawatte

Klar, das muss man mögen. Wenn man lieber Camel Boots statt Herrenslipper trägt und sich in der Jack-Wolfskin-Jacke wohler fühlt als im Jackett, wendet man sich besser Richtung Österreich. Dort herrscht ein raues Klima, und echte Kerle mit Vollbart tragen eine doppelt gefütterte, »3L HyVent Alpha Material«-Jacke von North Face. So trotzen sie selbst den widrigsten Witterungsbedingungen, wenn sie am Samstag ihre Frau durch die Fußgängerzone begleiten. Um die Kinder im Land Rover sicher zur Schule zu fahren, hüllt sich die Österreicherin in die knallfarbene Thermoball-Jacke mit Kapuze, ebenfalls von North Face. Allen gemeinsam ist die Zip-Fleecejacke, die sie druntertragen, über der Funktionsunterwäsche. Einem Österreicher gegenüber ist man kleidungstechnisch immer im Nachteil, denn Österreicher sind Funktionswäsche-Natives. Während wir uns in Zwiebelschichten verfransen und beinahe verdunsten, weil die letzte Schicht leider wasserundurchlässig ist und alle anderen Schichten darauf ausgelegt sind, Feuchtigkeit nach außen zu transportieren, lächelt der Österreicher nur milde. Dem kann Wetter nichts anhaben, das hat er nämlich erfunden. In Österreich haben Outdoor-Marken extra Babygrößen eingeführt, weil Österreicher bereits ab sechs Monaten mehrtätige Skiwanderungen unternehmen. Ohne Zelt.

Die Outdoor-Kleidung ist dafür heute ein Muss. Wer in den 1970ern mit einer Bergsteigerjacke in der Stadt herumlief, war höchstwahrscheinlich ein Förster, heute vermittelt Outdoor eine österreichische Lebenseinstellung. Da werden mit Trekkingschuhen von Timberland die Stufen zum Hörsaal erklommen, und auf dem Weg zur Arbeit im Auto passt eine multifunktionale Softshelljacke über den Anzug.

Für Österreicher ist dies aber keine Lifestyle-Attitüde, sondern ein Weg, ihre Naturverbundenheit auszudrücken. Und wenn man noch so lange im Büro sitzt, im Dunkeln morgens und abends in U-Bahn oder Auto durch die Asphaltwüste fährt, den ganzen Tag die Sonne nicht sieht und das einzige Grün der blöde Kaktus auf dem Schreibtisch ist: Im Herzen sind die Österreicher ein Volk der Naturburschen und der g'standnen Frauen mit roten Backen und leuchtenden Augen. Sie werden nur oft unsachgemäß gehalten. Mit der Kleidung wird darauf hingewiesen, wo man sich jetzt eigentlich befinden sollte: auf dem Berg, in einer Schlucht, bei der Abfahrt, unter Wasser oder im Wald. Das sind die natürlichen Lebensräume der Österreicher, sie schreien sozusagen mit ihren Klamotten um Hilfe, denn sie verspüren große Sehnsucht nach dem Draußen. Je teurer die Klamotte, desto größer die Sehnsucht.

Ganz ähnlich liegt die Sache in der Schweiz: Dort wird auch viel Funktions- und Outdoor-Kleidung getragen, mit einem großen Unterschied. Man merkt das fast nicht. Die Leute sehen ganz normal aus, aber hinten an ihrem Pullover prangt ein kleines Etikett einer kleinen Schweizer Marke, das sagt: Dieser Pullover ist nicht nur viel wärmer, als er aussieht, er verfügt auch über Funktionen wie wasserabweisend, durchlüftend, geruchsneutralisierend und selbstreinigend, und er ist auch circa zehn Mal so teuer, wie er aussieht. Die Schweiz steht für Qualität.

Geschickt ausgenutzt hat dieses Image die Marke Wellensteyn: Das sind zwar Hamburger, aber ihr Logo ähnelt verblüffend der Schweizer Flagge. Da wundert es keinen, dass ihr Anorak 350 Euro kostet und eben doch nach einem Anorak aussieht. Das ist das typische Schweizer Modell. Verschwenderische Schönheit hat in der Schweiz keinen Platz, mit so etwas brauchen Sie denen gar nicht zu kommen.

Ist es praktisch? Ja!
S'isch guat!

Ist es effizient? Ja!
S'isch guat!

Ist es hochwertig? Ja!
S'isch guat!

Ist es einfach nur wunderschön? Ja!
S'isch ned guat!

Deswegen beschränkt sich Schweizer Design meist auf das rote Kreuz der Schweizer Flagge, das ist formschön, steht für die Schweizer Werte und trägt nicht auf. Und deswegen wurde in der Schweiz der Klettverschluss erfunden. Der Klettverschluss und nicht die geschnürte Corsage. Schweizer stellen Corsagen und Mieder vermutlich auch mit Klettverschluss her. Das ist einfach praktischer! Dafür ist es aber ein dreifach verstärkter, linksdrehender Allround-und Allwetter-Klettverschluss. Dieser Hang zum Praktikablen hat natürlich fatale Auswirkungen, wie zum Beispiel das *Rucksäckli*, das immer mitmuss, oder die beigen Freizeithosen mit den Beinen, die man über dem Knie mit einem Reißverschluss abtrennen kann. Frauen und Männer tragen hier auch nahezu identische Kleidung und nahezu identische Kurzhaarfrisuren (die sind ja so praktisch), allein die Brillen der Frauen sind etwas bunter. Aber die um die Hüfte gebundene Outdoor-Funktionsjacke ist dann wieder die gleiche. Schweizer sollten deswegen ihr Land auch nicht ohne eine Stilberatung verlassen, es sei denn, sie fahren nach Schwaben. Was sonst passieren kann, ist immer wieder eindrucksvoll an DJ Bobo zu sehen und wäre heutzutage eigentlich vermeidbar. Wenn Sie sich vor all dem nicht fürchten, dann nichts wie auf in die Schweiz: das einzige Paradies auf dieser Welt ohne auch nur einen Paradiesvogel.

Schritt 5: Die Mentalität

Das Erscheinungsbild ist der natürliche Ausdruck der Schweizer Mentalität. Es ist kein Wunder, dass einer der weltweit bekanntesten Schweizer Künstler H. R. Giger ist, ein Mann, der die Effizienz auf die Spitze trieb und Mensch und Maschine miteinander verschmelzen ließ. *Wahnsinnig praktisch!*, dachten sich die Schweizer sofort. Wieder ließ man die Schönheit völlig außer Acht, und heraus kam das *Necronomicon*.

Direkt vorwerfen sollten Sie das den Schweizern nicht, denn sie sind mit einer für ein Bergvolk verblüffend dünnen Haut ausgestattet. Sprechen Sie in der Schweiz am besten vorsichtshalber im Konjunktiv und ersetzen Sie Forderungen durch Bitten. Eine Bitte in der Schweiz ist in etwa so etwas wie eine geballte Faust, die auf den Tisch knallt.

Siezen Sie außerdem Ihr Gegenüber, das ist nicht nur höflicher, es minimiert auch die Gefahr, dass Ihnen im Eifer eines Wortgefechts eine Beleidigung herausplatzt. *Sie Arschloch* kommt einem immer noch schwerer über die Lippen als *Du Arschloch*.

Das Schweizer Selbstverständnis ist sehr von seiner Strukturierung geprägt. Was aus so einem Selbstverständnis wird, wenn man eine 41 285 Quadratkilometer große Fläche in 26 Kantone, darunter 17 deutschsprachige, 4 französischsprachige, 3 zweisprachige Kantone (deutsch/französisch) sowie je 1 italienischsprachigen und 1 dreisprachigen Kanton (deutsch/rumantsch/italienisch) aufteilt, ist in der Schweiz gut zu beobachten: Die Menschen mögen das Kleine, Beschauliche, das ist ihnen vertraut, deswegen auch das *-li* als Wortendung. Das hat zur Folge, dass die Bewohner eines nicht mal einen Quadratkilometer großen Kantons die Unterschiede zum Nachbarkanton in etwa so bedeutend finden wie die zu einem Meteoriten im Andromeda-Nebel. Die Kantone Appenzell Ausserrhoden und Appenzell Innerrhoden zum Beispiel: Die klingen nicht nur beide nach etwas, das sich ein Urologe ansehen sollte, die sind für Außenstehende in nichts voneinander zu unterscheiden! Der Appenzeller Ausserrhodener aber wird Ihnen sagen: Fahne und Wappen sind anders, außerdem ist Ausserrhoden reformiert, modern und fortschrittlich, Innerrhoden ist katholisch, altbacken und konservativ. Und die sprechen auch ganz anders, das hört man doch!

Wenn Sie sich in der Schweiz niederlassen, sollten Sie für diesen Zug vieler Schweizer Verständnis aufbringen. Seien Sie außerdem so pünktlich und korrekt, wie es möglich ist. Dies ist ein besonderer Hinweis an mögliche Zuwanderer aus dem südlichen Europa: Wenn ein Schweizer sagt, am Donnerstag um 13.25 Uhr, dann meint er damit nicht: »irgendwann anders, nur nicht jetzt.« Er meint damit tatsächlich den avisierten Tag und die exakte Uhrzeit. Das ist für alle, die das Wort *mañana* im Sprachgebrauch haben, eventuell die größte Herausforderung am Leben in der Schweiz.

Wenn dem so ist, wäre vielleicht Berlin die bessere Wahl. Dort sieht man das nicht so eng, da die Einwohner mit ihrer Zeit wirtschaften können, wie sie wollen, sie haben nämlich keinen Job. Das ist natürlich nur ein Teil von Berlin. Der andere Teil hat sehr wohl einen Job, Bäcker, Busfahrer, Lehrer oder Ähnliches. Der dritte Teil, und das ist der größte, arbeitet zwar Vollzeit, bekommt aber kein Geld dafür. Dieses Arbeitsmodell nennt sich Jahrespraktikum. Während in anderen Bundesländern ein Praktikum dazu dient, ein Gefühl für die Arbeitsweise einer Firma oder das Profil eines Berufes zu bekommen, handelt es sich in Berlin dabei um einen unbezahlten Vollzeitjob. Dies funktioniert ausschließlich in Berufssparten, die einen Mindest-Coolnessfaktor haben, also bei Medien, neue Medien, Werbung und Start-ups. Um das Jahrespraktikum zu finanzieren, wird in einem Nebenjob als Barkeeper gearbeitet, wobei es sich aber immer um einen reinen Übergangsjob handelt. Der Plan ist stets ein größerer. Der Plan heißt meist »Projekt«, und wenn das Projekt erst mal abgeschlossen ist, dann aber. Und so ist Berlin voller Beinahe-Volldurchstarter, es ist wie der Wirklichkeit gewordene Traum eines herangewachsenen Peter Pan – nur dass der nicht nebenbei jobben musste.

Das macht Berlin so herrlich, so jung, so träumerisch und so konsequent pleite. Daher werden sich alle Peter und Petra Pans dort auch sehr wohlfühlen. Wer jedoch auf seiner Prioritätenliste ganz oben *Gehsteige ohne Hundescheiße* stehen hat oder *funktionierende Verwaltungsstrukturen*, dem ist diese Stadt nicht zuzumuten. Berlin bildet den Gegenpol zu einem effizienten Deutschland, in dem die Regeln der Erwachsenen herrschen. Dass etwas unsinnig ist, ist in Berlin noch lange kein Grund, dass es nicht passieren darf. Nehmen Sie nur den ehemaligen Flughafen Tempelhof: In einer Großstadt mit wachsendem Wohnungsbedarf und steigenden Mieten ist es völlig undenkbar, ein Gelände in zentraler Lage von der Größe eines ehemaligen Flughafens einfach so brachliegen zu lassen. So wollen es aber die Bürger, was sie durch einen Volksentscheid klar zum Ausdruck gebracht haben. Kann

Berlin sich das leisten? Selbstverständlich nicht. Und ist das dann schlau? Unter ökonomischen Gesichtspunkten ist das unfassbar bescheuert. Oder wie der ehemalige Neuköllner SPD-Bezirksbürgermeister Heinz Buschkowsky es formulierte: »Die menschliche Dummheit ist unendlich.« Wenn Sie aber mit einem Bier draußen auf dem Tempelhofer Feld den Sonnenuntergang anschauen und diese Weite mitten in der Stadt fühlen, dann kommen Sie womöglich zu dem Schluss, dass diese Momente viel besser sind, als nie mehr in Hundescheiße zu treten.

Womit wir auch schon in Schwaben wären. Schwaben ist das Yang von Berlin. Es gelten andere Werte und andere Regeln. Wenn sich vor dem Haus, in dem Sie wohnen, ein Stück Rasen befindet, dann wird der in Berlin bei gutem Wetter von ein paar Biertischen mit Ihren Nachbarn drauf bevölkert sein. Bei schlechtem Wetter von ein paar Bierflaschen und, natürlich, Hundescheiße. Im Schwabenland ist auf der Rasenfläche bei gutem wie bei schlechtem Wetter nur eins zu finden, nämlich Rasen, wöchentlich auf Dreitagebart-Länge gestutzt. Wenn es sich um einen besonders witzigen Schwaben handelt, dann steht dort vielleicht noch ein Gartenzwerg. Umrahmt wird das Ganze von einer Ligusterhecke, und damit auch niemand zu nahe kommt, sorgt ein dunkelbraun gestrichener Jägerzaun für die gehörige Abgrenzung. Hinter dem Haus gibt es keinen Verhau aus Fahrrädern, kaputten Plastikstühlen, Blumentöpfen und aufblasbaren Pools für die Kinder, sondern schwäbische Nutzpflanzen: *Breschdlinge* (Erdbeeren), *Gogommerle* (Gurken), *Grombiera* (Kartoffeln) oder *Treibla* (Johannisbeeren). Diese werden in Einmachgläsern für schlechte Zeiten aufbewahrt.

Ein weiterer großer Unterschied ist die Bewertung von Freizeit. Während in den meisten Bundesländern der Freizeit ein eher hoher Stellenwert zugemessen wird, ist sie in Schwaben der Inbegriff von Dekadenz, Sündenfall und Tod. Deswegen ist auf die Frage eines Schwaben: *Hosch du nix zum schaffe?* unter keinen Umständen mit »Nein! Ich habe diese Woche frei! Toll, was?« zu antworten. Deuten Sie stattdessen auf den Ihnen am nächsten befindlichen Gegenstand und behaupten Sie: *Ha doch, i trag de Apparat grad naa.* Hauptsache beschäftigt, egal, womit. Wenn Sie das verinnerlicht haben, ist ein großer Schritt in Richtung Einschwäbelung getan. Die größte Hürde jedoch ist die korrekte Ausführung der sogenannten *Kehrwoche.*

Die schwäbische Kehrwoche hat nichts mit dem närrischen *Kehraus*, der Nacht vor dem Aschermittwoch, zu tun, Missverständnisse in diese Richtung klären sich jedoch recht zügig auf. Es handelt sich lediglich um einen Putzdienst, den die Parteien eines Hauses samstäglich zelebrieren. Abwechselnd sind sie dazu verpflichtet, Treppenhaus und Eingangsbereich sowie den Gehsteig zu säubern. Stellen Sie sich auf eine kritische Beobachtung Ihres Tuns ein, aus irgendwelchen Gründen ist Ihren neuen Mitbürgern diese Angelegenheit nämlich enorm wichtig. Befolgen Sie daher diese Regeln:

☞ Lesen Sie aufmerksam die Hausordnung durch und befragen Sie einen Nachbarn über etwaige Besonderheiten im Putzritus Ihres neuen Heims.

☞ Erst kehren, dann wischen.

☞ Putzen Sie gut hörbar, wenn alle Ihre Nachbarn zu Hause sind.

☞ Ächzen Sie ruhig ein bisschen dabei und stoßen Sie mit dem Schrubber an die Wohnungstüren, damit wirklich jeder merkt, dass Sie hier *anschdändig schaffe*.

Auch wenn einem die Gesetze der Schwaben merkwürdig erscheinen mögen, so ist es doch durch die Einhaltung selbiger relativ einfach, in kurzer Zeit voll integriert zu werden. Wenn man das möchte.

Wo Sie garantiert nie integriert werden, ist auf Sylt. Dabei ist es völlig unwichtig, wie lange Sie dort bleiben. Es gibt Sylter, die in fünfter Generation auf der Insel wohnen und immer noch *dea Bayeeear* sind, weil ihr Urururururur-Opa einmal für zwei Wochen in Rosenheim war. Dabei handelt es sich nicht um bösen Willen, es liegt in der Natur der Sylter. Von jeher war es auf der Insel wichtig, gemeinsam den Widrigkeiten zu trotzen, allen voran der See. Der gemeinsame Kampf gegen die Naturgewalt der Nordsee hat diese Mentalität geformt, er ist Teil ihrer Identität. Bei 20 000 Einwohnern und 850 000 Gästen pro Jahr ist dies ein großes Vorhaben, und so bauen die Sylter weiter Deiche. Deiche gegen die Flut und Deiche gegen die Flut der Massen. Von außen gesehen ein unmögliches Unterfangen, aber wie schon der Halliglehrer Hansen schrieb: »… das sind alte Friesenfäuste, die haben in mancher Sturmnacht wie eiserne Klammern das Segel gehalten, die haben in mancher schweren Wassersnot, wenn die salze See unsere Häuser wegzureißen drohte, Pfosten und Balken festgehalten, und wurden, je größer die Not war, nur immer fester und härter. Wir sind es gewohnt festzuhalten …«[3]

Die Sylter sind ein Volk, dessen Voraussetzung für ein Überleben seit dem Neolithikum darauf ausgerichtet ist, zu bewahren, abzuwehren, standzuhalten, entgegenzutreten, zu beschützen, fest zu bleiben, fernzuhalten, sich abzuschirmen und zu verteidigen, sich zu wehren und zu sträuben, zu-

[3] *Aus Bernd Riekens:* Nordsee ist Mordsee, *Waxmann Verlag GmbH, Münster 2005.*

rückzudrängen, zu blockieren, zu versperren, sich dagegenzustemmen, die Flut nicht herankommen zu lassen.

Mit diesem Wissen ist es nicht mehr ganz so befremdlich, wenn ein Seemann auf die sprudelnden Fragen einer aufgeschlossenen Touristin permanent mit *Hmhm* antwortet. Er tut nur, was seine konditionierten Gene ihm sagen. Das ist jedenfalls ein Teil der Wahrheit. Der andere Teil ist der, dass sich 20 000 normale Einwohner gegen ein Austern schlürfendes Schickeria-Heer mit Polohemden und verspiegelten Sonnenbrillen zu wehren versuchen. Dabei handelt es sich nicht um eine Übertreibung. Die Modemarke Polo Sylt bewirbt sich anlässlich einer Aktion so: »Ich grüße euch, willkommen auf der Insel! Lasst uns erst mal einen Prosecco auf diese Aktion trinken und bei Gosch lecker Schrimps in Hummersoße essen. Anschließend geht es ab in das Rote Cliff, wo wir gepflegt mit einer Magnum-Flasche Schampus auf das Volk hinabspritzen. Sylt – der Hot Spot der High Society, der Treffpunkt der Schönen und Reichen – eine Insel, die für wilde Partys auserkoren wurde. (...) Dieses unnachahmliche Flair ist auch in der Mode von Polo Sylt zu finden. Sportiv, klassisch und mit schickem Polo-Spieler garniert, halten die guten Stücke Einzug in euren Kleiderschrank.«[4]

---

[4] *http://www.brands4friends.de/magazin/ab-29-august-polo-sylt-—-willkommen-in-der-kampener-gesellschaft/*

Würden Sie da nicht auch versuchen zu bewahren, abzuwehren, standzuhalten, entgegenzutreten, zu beschützen, fest zu bleiben, fernzuhalten, sich abzuschirmen und zu verteidigen, sich zu wehren und zu sträuben, zurückzudrängen, zu blockieren, zu versperren, sich dagegenzustemmen, die Flut nicht herankommen zu lassen?

Wenn Sie es mit dem Meer nicht so haben, mögen Sie vielleicht die Berge. In Österreich waren die Einwohner von den umgebenden Bergen so gut geschützt, dass sie nicht selbst Wehre errichten mussten – das merkt man. Die Österreicher sind von derart heiterer Gelassenheit, dass man gar nicht glauben kann, dass es sich um ein Bergvolk handelt. Ein Berg vor der Nase gleicht in der Küchenpsychologie einem Brett vor der Stirn, und je näher der Berg, desto größer das Brett. Deswegen ist es so erstaunlich, dass Österreicher, die ja permanent nicht weiter als 200 Meter vom nächsten Berg entfernt sind, eine derart mediterran-südliche Lebensart zur Schau tragen. Diese entsteht durch eine Drei-Komponenten-Mischung:

1. Passive Erwartungswurstigkeit:
Treffend ausgedrückt durch das bereits erwähnte *Schauma mal*, in dem der Österreicher ein hohes Maß an Unverbindlichkeit ankündigt. Die Steigerungsform, *Schauma mal, dann sehma schon* verheißt demnach eine höchst-

wahrscheinliche Tatenlosigkeit nach vorangegangener Untätigkeit.

2. Eine gewisse Flexibilität, Richtlinien betreffend:
Sich's richten können deutet diese hochfunktionale Auslegung an und verweist unterschwellig auf ein Netzwerk von Freunden und Familienmitgliedern.

3. Der unbedingte Hang zur Deeskalation:
Signalisiert durch die mehrmals vorgebrachte Aufforderung *Reg di net auf,* wobei der Angesprochene mit einem *I reg mi eh net auf!* zu kontern hat. Diese rhetorische Beabsichtigung, eine sachliche Konfrontation auszutragen, kann allerdings ab diesem Schlagabtausch aus dem Ruder laufen.

Diesen südländischen Charme vermischt der Österreicher mit einer Schweizer Empfindlichkeit, die von Ausländern stets unterschätzt wird. Das allzu Direkte klingt im österreichischen Ohr arrogant und anmaßend, daher muss der geneigte Zuwanderer um seine Aussagen Geschenkpapier und Tüll packen. Beabsichtigt man, eine Diskussion zu beginnen, weil das Gegenüber sich als uneinsichtiger Vollpfosten erwiesen hat, ist es in Österreich mit einem *Is eh wurscht* getan. Diese Zartheit der Österreicher ist umso unerwarteter, als sie sich im zwischengeschlechtlichen Miteinander eher wie Südamerikaner denn wie Mitteleuropäer gebaren. Da wird im alltäglichen Umgang gezwinkert und geflunkert, geschäkert und gekichert, dass es eine wahre Pracht ist, mit und ohne Hintergedanken und manchmal auch einfach nur, um Freude zu bereiten. Während Sie bei dem Auftritt einer betagten Schreckschraube im Kaffeehaus noch bemüht sind, nicht allzu offensichtlich zusammenzuzucken, hören Sie den Österreicher schon flöten: *Küss die Hand, gnädige Frau, Sie schauen heute wieder entzückend aus.* So sind sie, die Österreicher, ein wahrer Ausbund an Liebenswürdigkeit, Lockerheit und freundlichem Entgegenkommen. Es sei denn natürlich, Sie sind Deutscher.

In Köln ist es völlig egal, woher Sie kommen. Da erhalten Sie das ganze Paket südländischer Fröhlichkeit, allerdings ohne diese anstrengende Dünnhäutigkeit, ohne Animositäten gegenüber Deutschen und auch ohne das gute Aussehen südlicher Ragazzi und Señoritas. Die Kölner lassen Sie sofort mitspielen, die einzige Regel, die Sie beachten müssen, ist: Finden Sie die Stadt genauso großartig, wie die Kölner es tun. Das hört sich einfach an, ist es aber nicht, denn die Kölner sind aus unbekannten Gründen davon überzeugt, in der schönsten Stadt Deutschlands zu wohnen. Köln ist voll von Betonröhrenpassagen, hässlichen Parkhäusern, schändlichen Baulücken und Kachelfassaden aus den Sechzigern und Siebzigern. Das ist auch nicht weiter verwunderlich, Köln wurde im Krieg zu drei Vierteln zerstört, da kommt dann eben so etwas bei raus. Verwunderlich ist nur, dass die Kölner ihre Stadt trotzdem so konsequent verehren. Keine Stadt Deutschlands hat so treue Bewohner, und zu keinem Bauwerk haben die Einheimischen eine so innige emotionale Bindung wie zum Kölner Dom. Der Kölner Dom stellt eine Art Heiliger Gral dar, den die Einwohner anbeten und dem sie zärtlich zugetan sind. Wie eng sie mit ihm verbunden sind, zeigt das Beispiel des Astronauten Alexander Gerst: Der startete im Mai 2014 ins Weltall zur Weltraumstation ISS. Jeder Raumfahrer darf 1,5 Kilogramm persönliche Dinge mit auf die Reise nehmen. Gerst hatte ein faustgroßes Stück vom Kölner Dom dabei. Damit der auch mal rauskommt.

Da ist es auch egal, dass der Platz vor dem Dom, trefflich als *Platte* bezeichnet, nicht zum Verweilen einlädt, dass der Heinrich-Böll-Platz fast jeden Tag gesperrt werden muss, weil sonst die Tritte der Fußgänger in dem Saal der Philharmonie darüber zu hören sind – oder dass mal eben in der Südstadt das Kölner Stadtarchiv in die Tiefe rutscht, weil eine U-Bahn gebaut wird. Das lässt den Kölner in seinem Urteil nicht wanken, im Gegenteil, da kommt seine Mentalität besonders gut zum Vorschein: Keine 24 Stunden nach dem Abrutschen des Stadtarchivs machten die ersten SMS die Runde: *Wat is, kommse noch mit aufn Absacker in die Südstadt?*

Und bald darauf kam auch schon die erste Mail zum Thema: Unter einem alten Foto der im Bombenhagel schwer zerstörten Stadt stand der Text *Köln im Jahr 2011: Die U-Bahn ist fertig.*

Nichts beschreibt Köln besser. Hier wurde irgendwann mal beschlossen, Spaß zu haben, in einer tollen Stadt zu leben und das Leben schön zu finden, und so wird es jetzt auch gemacht, egal, was passiert. Es wurde sogar beschlossen, dass der FC Köln ein toller Fußballverein ist. Gehen Sie ruhig zu einem Spiel und sehen Sie sich das an: Die Fans bejubeln ihr Team, als wäre es wirklich erfolgreich, und wenn gar nichts geht, dann machen sie eben eine La-Ola-Welle für einen guten Einwurf. Versuchen Sie, selbst Fan zu werden. Wie schon zuvor die Stadt stellt einen dies vor Herausforderungen. Sagen wir es so: Das bekommen Sie nur hin, wenn Ihnen Erfolge nicht so wichtig sind. Wenn Sie jedoch gerne singen und auch mal ohne Grund klatschen, dann sind Sie beim 1. FC Köln genau richtig. Wie schon der ehemalige FC-Trainer Udo Lattek sagte: »Im Kölner Stadion ist immer so eine super Stimmung, da stört eigentlich nur die Mannschaft.«

Kölner sollten daher auch nur in Köln leben, überall anders würde man sie aufgrund ihres Realitätsverlustes einweisen. Nicht, dass das den Kölnern etwas ausmachen würde. Innerhalb eines Tages dort sänge die Station mit ihnen schunkelnd im Chor: *Ich binne ne Kölsche Jung, watt willste mache?*

Wer nicht mitsingen wird, ist der Hamburger. Wenn Sie jemanden zum Mitsingen, Mitklatschen oder Unterhaken brauchen, sind Sie in Hamburg falsch. Der Einzige, der da mitmacht, ist vermutlich ein rheinländischer Tourist – denn das oft bemühte Klischee des unterkühlten Wesens der Hamburger entspricht zu 100 Prozent den Tatsachen. Da kann der Hamburger gar nichts dafür, das liegt an einem lokalen Wetterphänomen, das von Oktober bis April dauert und sich *Dauerdüsterregen* nennt. Da kommt man nicht gut drauf, das ist tiefenpsychologisch unmöglich. Unerfahrene Neuankömmlinge, besonders solche aus südlichen Gefilden, sollten daher regelmäßig ein Solarium oder Süddeutschland aufsuchen. Die außergewöhnlich beschissene Wetterlage ist auch der Grund für das Straßencafé-Kuriosum: Beim Auftauchen eines Sonnenstrahls und einer Außentemperatur ab acht Grad stellen die Einwohner Tische nach draußen und nippen im Freien mit Decken auf dem Schoß an Heißgetränken. Zu Beginn ist dies noch ungewohnt und erschreckend, aber nach ein paar Jahren werden Sie selbst mit nasser Zuckerwatte und Öljacke über den Winterdom schlendern, dieses Volksfest, das die Hamburger aus irgendeinem Grund für November angesetzt haben.

Trotz widriger Umstände schlägt der Lokalpatriotismus in Hamburg überraschend hohe Wellen, was zur Folge hat, dass gutgläubige Gemüter tatsächlich zu der Überzeugung kommen können, Hamburg sei eine Perle, bei dem Gebiet unterhalb der Elbe handle es sich um Bayern und östlich des Viertels Wandsbek beginne Polen.

Das Vorhandensein von viel Wasser hat hier einen besonders hohen Stellenwert, und die Sehenswürdigkeiten der Stadt wie Rathaus, Außenalster, Planten un Blomen und Stadtpark werden von den Hamburgern verehrt – vermutlich weil der komplette Osten und Nordwesten der Stadt äußerst unschön anzusehen sind. Daher auch die Überfüllung der genannten Orte bei gemäßigter Wetterlage in den Sommermonaten. Doch die Hamburger sind ihrer Stadt zutiefst verbunden, während sie es ihnen nicht unbedingt dankt. Dies macht sich bemerkbar, wenn der Hamburger versucht, mit dem Fahrrad zu fahren und den Anspruch hat, lebend anzukommen, oder gar einen Kita-Platz ergattern will, ohne ein Insolvenzverfahren zu riskieren. Das Eindampfen bürgerfreundlicher Angebote zugunsten einer Philharmonie für über 500 Millionen Euro ist auch kein Pluspunkt, also nehmen Sie es nicht persönlich, wenn Ihnen die Hamburger abweisend und unterkühlt begegnen: Sie sind im Dilemma eines Liebhabers gefangen, der feststellen muss, dass seine große Liebe ihn hinterrücks betrügt.

Diese Form der schwärmerischen Liebe sucht man in Bayern vergebens. Das Schwärmen ersetzt der Bayer durch ein Achselzucken und das sprachliche Pendant: *Mei* oder *Jo mei*.

Nicht, dass die Bayern alles unkommentiert hinnehmen würden, im Gegenteil, es wird geschimpft und geflucht und gewettert, dass es eine wahre Pracht ist, allerdings hat das große Fluchen auch immer etwas Folkloristisches. Am Ende des Tages ist er eben doch ein Pragmatiker, der Bayer. Grund dafür ist die Vergangenheit Bayerns als Agrarstaat. Als Bauern waren es die Bayern gewohnt, Unabänderliches wie zum Beispiel Regen, Hagel oder Frost hinzunehmen, was im Laufe der Zeit zwei typische Verhaltensweisen formte:

1. Einen resignierten Umgang mit dem Apokalyptischen, was in überzogener Form eine überaus belustigende Wirkung hat.
2. Das berühmte Granteln, das die Hoffnungslosigkeit auf ein wirkungsvolles Eingreifen in die Ereignisse kompensiert. Wenn man schon nichts ändern kann, kann man wenigstens darüber meckern. Das Granteln ist also mitnichten Ausdruck eines missmutigen Gemüts, sondern lediglich angewandte Katharsis und somit für die geistige und seelische Gesundheit des Bayern überlebenswichtig.

Das mammelnde Ergeben in herrschende Strukturen mag auch der Grund sein, warum im blau-weißen Bundesstaat die CSU herrscht, als sei sie gottgegeben. Da verfolgen die Bayern lediglich ihr altes Verhaltensmuster: Es ist eh wurscht, wen man wählt, da kann man auch gleich bei denen von immer bleiben. An dieser Stelle ein Hinweis an alle Zuwanderer, die sich in einer dörflichen Idylle niederlassen: Es kann integrationsfördernd sein, sich in Sachen Politik seiner Stimme zu enthalten. Wenn in diesem Ort noch nie jemand die Grünen gewählt hat, Sie dort hinziehen und es bei der nächsten Wahl eine Stimme für die Grünen gibt, dann ist es nicht schwer, eins und eins zusammenzuzählen. Nicht mal für die Bayern.

Wenn Sie Bayern zu Ihrem neuen Zuhause machen, dann wird dies, sofern Sie aus einem anderen Bundesland kommen, Ablehnung bis Entsetzen hervorrufen. Kommen Sie aus dem Rest der Welt, ernten Sie Zustimmung bis Begeisterung. Die Bayern selbst sehen es als selbstverständlich an, dass Sie sich hier niederlassen wollen – wo sollten Sie auch sonst hinwollen? Die Widersprüchlichkeit der Ansichten von Restdeutschland und dem Rest der Welt sind in der bayrischen Nonchalance begründet, mit der zum Beispiel ein ehemaliger CSU-Politiker einmal verkündet hat, Venedig sei der natürliche Hafen Münchens. Während die anderen Bundesländer bei solchen Sprüchen mit dem Kopf schütteln, befindet man von Bayern und dem Ausland aus Derartiges als wahr.

Schritt 6: Flirtverhalten und Partnerschaft

Wenn Sie sich in einen Bayern verlieben, nehmen Sie ihn so, wie er ist, ändern können Sie ihn sowieso nicht. Da zuckt der nur mit den Achseln. Diskussionen über partnerschaftliche Angelegenheiten, Vorwürfe oder Aufforderungen zur aktiven Problembewältigung in der Ehe werden nicht selten durch ein *Mei* gelöst, womit für den Bayern alles gesagt ist. Das Meckern, Granteln und Hinterher-Beppern erledigt er dann beim geselligen Beisammensein in der Wirtschaft. Aus diesem Automatismus heraus ist der Stammtisch überhaupt erst entstanden, er stellt eine Art Wohnraum außerhalb der eigenen vier Wände dar, also ohne Partnerin, dafür mit einem uneingeschränkten Vorrat an Bier. Das Prinzip kennen Männer, die sich im Keller ihres Eigenheims eine Werkstatt oder einen Hobbyraum eingerichtet haben: Wenn sie dort noch eine Zapfanlage hätten, ein paar Kumpel einladen und die Tür zusperren dürften, dann wäre das in etwa vergleichbar.

Nicht zuletzt wegen seiner *Mei*-Art, die Dinge nicht anzugehen, gibt es bis zur Resignation der Frau oft Streit, weshalb der Bayer auch ständig im Wirtshaus anzutreffen ist. Wenn Sie einen eigenen Bayern haben wollen, empfiehlt es sich, die lokalen Kirchweihen, Schützen- und Freiwillige-Feuerwehr-Feste abzuklappern, dort ist der Typus zuhauf vertreten und auch gleich alkoholisiert, was die Kontaktaufnahme ja immer erheblich erleichtert. Zumindest bis zu dem Moment, in dem sich der oder die Auserkorene in die Büsche erbricht.

Machen Sie sich auf eine etwas ruppige Form des Werbens gefasst. Den sogenannten Pick-up-Artists zufolge, die sich ein Spiel daraus machen, Frauen aufzureißen, sollte man das Objekt seiner Begierde ein bisschen blöd von der Seite anreden, gerade so viel, dass es sich genötigt fühlt, sich zu beweisen, zum Beispiel: »Eigentlich finde ich ja deine Freundin hübscher, aber du bist irgendwie interessanter …«

Nun, die Bayern machen das instinktiv richtig, nennen es aber *tratzen*, was so viel bedeutet wie »necken«. Je dörflicher, desto rauer die Sitten, und wenn Sie ganz tief in Niederbayern angekommen sind, kann es Ihnen passieren, dass Sie noch auf ganz traditionelle Weise von einem Burschen angesprochen werden: mit einem beherzten Schlag auf den Hintern. Die entsprechende Antwort darauf sieht eine ebenso beherzte *Watschn* oder sogar *Schelln* vor. Eine deutlich erfolgversprechendere Variante ist das Ansprechen einer schönen Bayerin mit einem erfundenen Namen. Sobald diese Sie direkt anblickt und »I bin net die Laura, I hoaß Jacqueline!« sagt, stoßen Sie überrascht aus: »Hey, DU schaust aber guad aus!« Das schmeichelt und tut niemandem weh.

Wenn Sie selbst Bayer sind, haben Sie in Sachen Flirten einen gewissen Vorteil, denn laut Statistik findet immerhin fast die Hälfte der deutschen Singles den bayerischen Dialekt am anziehendsten. Anders ist das beim Schwäbischen.

Stellen Sie sich nur vor, liebe Damen, Sie sind geschäftlich in Schwaben unterwegs, und abends an der Hotelbar treffen Sie prompt den Mann Ihrer Träume, einen Schwaben. Ausgerechnet. Sie sehen einander tief in die Augen, Sie prosten sich zu, Sie lächeln ihn an, er kommt zu Ihnen rüber, streift mit dem Zeigefinder Ihr Haar nach hinten, um Ihnen romantisch ins Ohr zu flüstern: *Deine Hoor mached mi ganz wuschig!* Und dann: *Dädsch du mi möga, wenn i di au möga däd?*

Da muss der Mann schon wahnsinnig gut aussehen, dass man das toll findet. Die Herren haben es auch nicht leichter, denn wenn sich die Schwäbin zu einem Kompliment hinreißen lässt und raunt: *Dau bisch a scheener Bua*, muss man es erst mal schaffen, die knisternde Spannung aufrechtzuhalten. Dass die Schwaben aber nach einem Orgasmus *Sodele* sagen, ist nur ein Gerücht.

Unterschiede gibt es hingegen schon. Wenn Sie es zum Beispiel gewohnt sind, dass Ihnen eine Eroberung nach einer heißen Liebesnacht am nächsten Morgen sagt, was für ein toller Hecht Sie sind, werden Sie enttäuscht sein. Die Schwäbin wird Sie fragen: *Kheret die Mebl älle dir?*

Wenn Sie diesem speziellen Charme etwas abgewinnen können, dann nur zu – als Ehepartner sind die Schwaben ganz große Klasse. Durch das stete Ziel vor Augen, etwas *schaffe* zu müssen, sind Schwaben die geborenen Teamplayer, auch zu Hause. Der schwäbische Fleiß und der Erwerbssinn, die Fähigkeit und der Wille, etwas anzupacken, auch wenn es schwierig ist, die Zuverlässigkeit und die Gediegenheit, das alles kommt Ihnen in einer Ehe mit einem Schwaben zugute. Es sei denn, Sie suchen jemanden, mit dem Sie nach Vegas reiten können, um die Sonne zu polieren, das macht der Schwabe nicht, der bleibt lieber zu Hause, da ist es auch schön. Eifersüchtige Gemüter werden sich daran erfreuen, dass eine gewisse pietistische Grundhaltung den Schwaben die Freude am Seitensprung vergällt, *Oh, wenn no's schlechte Gwissa net wär,* und so gilt es abzuwägen, was einem selbst bei einem Partner am wichtigsten ist. Romantik sollte es in diesem Fall nicht sein.

Die schwäbische Liebeserklärung, stufenweise regulierbar:

I mog di.
I mog di scho arg.
I mog di fei ganz arg.
I mog di scho saumäßig.
I hann di zom Fressa gern.
Ai laff yuu.

Was Ihnen in einer Partnerschaft wichtig ist, tut in Köln nichts zur Sache. Da zeigt man sich dem anderen Geschlecht gegenüber prinzipiell aufgeschlossen – innerhalb wie außerhalb der Partnerschaft. Aufgeschlossener als überall sonst in Deutschland, das sagt zumindest die Statistik. Bei genauerer Betrachtung zeigt sich jedoch, dass diese Statistik stark von der Jahreszeit beeinflusst wird:

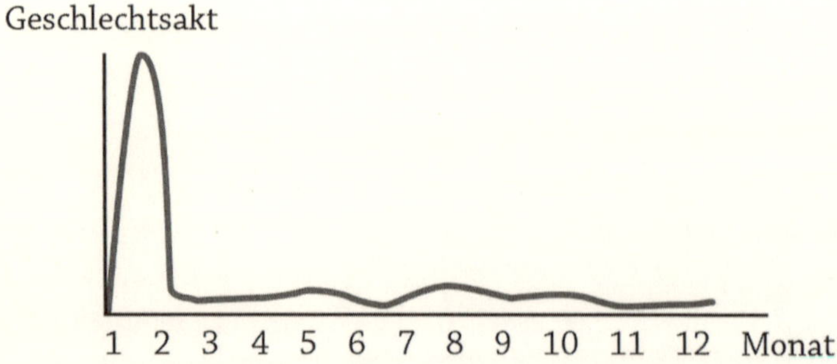

Der Alkoholkonsum während der Karnevalszeit begünstigt das Interesse für Mitmenschen ungemein, und dazu kommt eine nicht geringe Verwechslungsgefahr inmitten von Maskierten. Da kann man den Gatten oder die Gattin schon mal aus den Augen verlieren. Die Empörung darüber, dass während dieser Zeit zusammenfindet, was gar nicht zusammengehört, sinkt direkt proportional zum Alter und der Anzahl gemeinsam verbrachter Jahre der Kölner Paare, bis ein Seitensprung schließlich großzügig als Gastfreundschaft ausgelegt wird. Eine Stadt, wie gemacht für Paartherapeuten.

Gleichzeitig ist die närrische Zeit für das Sexualleben und die Fortpflanzung der Kölner extrem wichtig, da sie sich während des restlichen Jahres etwas zieren, bevor sie Ihnen ihre Briefmarkensammlung zeigen. Falls Sie also in Köln auf Partnersuche gehen sollten: Versuchen Sie es während des Karnevals und fragen Sie bei tiefer gehendem Interesse unbedingt nach, ob der- oder diejenige verheiratet ist. Köln ist besonders für zurückhaltende und schüchterne Menschen der beste Ort, um Kontakt zum anderen Geschlecht zu knüpfen. Es sind nur zwei Möglichkeiten überhaupt bekannt, einen Flirt während der Karnevalszeit in Köln zu vermeiden. Die eine ist eine Auslandsreise, die andere das Ableben vor Beginn der Weiberfastnacht. Eine ähnlich hohe Flirtwahrscheinlichkeit ist in Deutschland sonst nur auf dem Oktoberfest gegeben, mit dem Unterschied, dass die Verkleidungen der Kölner nicht ganz so albern sind. Sollten Sie gemeinsam mit Ihrem Lebensgefährten einen Umzug in die närrische Stadt planen und nicht praktizierende Swinger sein, so ist es womöglich hilfreich, sich im Vorfeld in großmütigem Verzeihen zu üben – oder in wortreichen Entschuldigungen, je nachdem.

Sind Sie eher der eifersüchtige Typ, ist Köln nicht der richtige Ort für Sie. Dann müssen Sie in die Schweiz. Dort wird nicht geflirtet. Die Natur des Flirts und die Natur der Schweizer widersprechen einander naturgemäß. Das uralte Spiel um Eroberung und Zurückweisung, das Vorpreschen und Andeuten, Zurückziehen und Locken mit Strategie und List und Reizen, das alles ist dem Schweizer höchst suspekt. Der hat es gerne geradeheraus, übersichtlich und unkompliziert. Der ständige Wechsel der Regeln und Grenzen beim

Flirten überfordert ihn. Wenn es die Möglichkeit gäbe, die ganze Partnersuche über einen Fragebogen, eine Abstimmung oder einen Handschlag zu regeln, wäre der Schweizer sofort dabei. Falls Sie es auf einen Schweizer abgesehen haben, versuchen Sie es gar nicht erst mit Augenklimpern und Lächeln, er wird Sie nur besorgt fragen, ob Sie was im Auge haben. Sagen Sie ihm stattdessen direkt, dass er Ihnen gefällt und was Sie von ihm möchten. Haben Sie auch keine Scheu, Ihre Vorstellungen von einer Beziehung gleich zu Beginn darzulegen, damit kann der Schweizer gut umgehen, er wird Ihre Ehrlichkeit zu schätzen wissen. Wenn Sie darauf warten, dass er den Anfang macht, wird aus Ihnen beiden vermutlich nichts. Zum einen fällt es ihm schwer, sich zu exponieren, und zum anderen finden Sie sein *Hoi, Luscht uf es Käfeli?* eventuell extrem abturnend.

Bedauerlicherweise wird aber auch der Kaffee Sie nicht weiterbringen, wenn Sie seine Einladung annehmen. Egal, wie gut Sie sich verstanden haben und wie blendend Sie aussehen: Selbst wenn er Sie noch bis vor die Haustür begleitet hat und Sie sehnsüchtig auf seine Lippen starren – er wird Sie nicht küssen. Er wird sagen: »Ja, also dann ...«

Es nützt auch nichts, wenn Sie fragen, ob er noch auf einen Kaffee mit raufkommen will. Er wird vermutlich darauf hinweisen, dass Sie bereits Kaffee getrunken haben und es auch schon recht spät ist – er muss am nächsten Morgen schließlich früh raus. Vorsicht: Wenn Sie nun auch »Also dann« entgegnen, wird er tatsächlich nach Hause gehen! Lassen Sie sich davon nicht entmutigen, es gibt einen Ausweg. Die Autorin Güzin Kar hat ihn herausgefunden:

»Wenn du einen Schweizer willst, musst du ihm an die Wäsche. Er selber rührt nämlich keinen Finger, wehrt sich zum Glück aber auch nicht.«[5] Ein Umstand, den auch Väter von halbwüchsigen Töchtern zu schätzen wissen.

Wesentlich charmanter und verspielter sind die Österreicher, das weiß jede Frau, die schon mal einen Skikurs absolviert hat. Da wird gelächelt und gezwinkert, dass es eine wahre Freude ist. Wie sollte es anders sein in einem Land, in dem der Handkuss überlebt hat, diese Geste aus dem 16. Jahrhundert, leicht angestaubt, aber dennoch galant.

Für einen Handkuss:

☞ Nehmen Sie die rechte Hand der Frau lediglich mit den Fingerspitzen – schlagen Sie nicht ein wie beim Händeschütteln – und drehen Sie dann den Handrücken der Dame nach oben.

---

[5] *DIE ZEIT N° 40/2011, Güzin Kar, »Ohne Schnurrbart«.*

☞ Heben Sie die Hand der Dame auf Brusthöhe (Brusthöhe der Dame, nicht Ihre).

☞ Beugen Sie sich über den Handrücken, ziehen Sie die Dame nicht zu sich heran.

☞ Deuten Sie den Kuss an, ohne die Hand wirklich zu berühren. Auch der Kontakt mit Zunge oder Nase ist nicht gewünscht.

Diese bezaubernde, leicht kriecherische Galanterie ist es, die Österreicher so unwiderstehlich macht und auf die Ausländerinnen reihenweise hereinfallen. Weshalb es dem Österreicher äußerst schwerfällt, treu zu bleiben. Die Masse an blonden, brünetten und schwarzhaarigen Touristinnen, die in Urlaubsstimmung in das Land einfällt, ist einfach stärker als er. Da er in diesem fröhlichen Heer nicht nach einer Partnerin sucht, sondern aus purem Übermut und nur zum Vergnügen kokettiert, liegt in den Flirtversuchen der Österreicher auch eine Leichtigkeit, die nicht gegeben ist, wenn ein Mann all seinen Mut zusammennimmt, um endlich die Frau seines Lebens anzusprechen. Wenn sich ein Österreicher schließlich ernsthaft binden will, sieht er sich in seinem direkten Umfeld um. Da wird er plötzlich altmodisch und grast die Diskotheken ab nach einer hiesigen Braut. Hat er seine Josefine gefunden, zieht er sich mit ihr in sein Häuschen zurück und macht es sich dort gemütlich. Der Gedanke an die Blonden, Brünetten und Schwarzhaarigen von früher in Kombination mit seiner Josefine zu Hause und potenziert durch die Anzahl der Ehejahre lässt im Österreicher einen gewissen Groll aufkommen, den er statt nach innen nach außen zu richten weiß: Er konzentriert sich einfach darauf, die Deutschen, ob blond, brünett oder schwarzhaarig, doof zu finden. Diese leicht abfällige Haltung darf man ihm nicht übel nehmen, es ist eine Art Katharsis, ohne die er über sein Leben mit Josefine verzweifeln würde. Wenn Sie also einen unverbindlichen Flirt suchen, sind Sie in Österreich genau richtig, soll es aber der Partner fürs Leben sein, dann wird das hier nichts.

Auf sicheres Terrain begeben Sie sich dagegen, wenn Sie auf Sylt nach einem Partner suchen. Sylt ist unkompliziert, und jedes Jahr kommen 850 000 Gäste auf die Insel, da wird ja wohl was dabei sein für Sie. Noch dazu hat irgendein gütiger Gott das Eiland in einen einzigen Haufen von Möglichkeiten verwandelt, von Sonnenaufgang bis zum nächsten Sonnenaufgang: Ab 6.30 Uhr morgens können Sie in Keitum am Grünen Kliff treffen, was von der Nacht übrig geblieben ist. In Nielsen's Kaffeegarten sieht man romantisch auf das Erwachen des Tages über dem Meer, und das ist so schön, dass einem sogar ohne Partner warm ums Herz wird. Wenn Sie hier nicht fündig werden, nehmen Sie eine Stunde Yoga am

Meer mit, die meditative Wirkung von Seeblick und Asana erweckt die Sinne, so auch die Antennen, die für das andere Geschlecht zuständig sind. Und dann verbringen Sie den Tag am Weststrand, dort sind Kiter, Surfer und Segler damit beschäftigt, das Auge zu erfreuen. Im Café der Surfschule können Sie den oder die Sportler/in Ihrer Träume danach gleich ansprechen und mitnehmen. Zum Sundowner bringen Sie Ihre/n Auserwählte/n dann aufs Rote Kliff, das im Abendlicht scheinbar zu glühen beginnt. Wer jetzt noch allein ist, kann dies spielend vor dem nächsten Morgen ändern, denn trotz seiner mickrigen 99,14 Quadratkilometer gibt es abgesehen von Clubs und Bars, Discotheken und Restaurants:

☞ Den Bacardi B-Live Event

☞ Die Vollmondpartys

☞ Beach-Club-Partys

☞ Das Longboard-Festival

☞ Die Endless-Summer-Partys

☞ Das Osterfeuer

☞ Pfingst Chill

Es ist so gut wie unmöglich, auf Sylt leer auszugehen, Sie müssen lediglich einige wenige Grundregeln beachten. Wenn es sich vermeiden lässt, fahren Sie nicht im Insel-Manta oder Kampen-Astra vor. Kampen ist ein exklusiver Ort auf der Insel, und die Dichte an Porsche Cayennes ist dort so hoch, dass der Cayenne diesen Spitznamen bekommen hat. Fahren Sie stattdessen einen schönen Aston Martin, einen Bentley, das sind die richtigen Autos. Sehen Sie zu, dass Sie eine anständige Uhr am Handgelenk tragen oder respektive ein sauber gearbeitetes Collier um den Hals. Fall Sie eine Frau sind, sollten Sie blond und langhaarig, schlank, groß und braun gebrannt sein, als Mann können Sie aussehen, wie Sie wollen, solange Sie die Aston-Martin-Bentley-Uhren-Regel befolgen. Und für beide gilt: Ohne einen Pulli, leger um die Schultern geknotet, geht gar nichts.

Wo Sie mit wesentlich weniger Startkapital erfolgreich sein können, ist Berlin. Dort brauchen Sie lediglich eine große Schnauze im Sinne von Redegewandtheit. Andersherum gesehen ist dies auch die Eigenschaft, auf die Sie wirklich abfahren sollten bei einem Partner, denn alles andere sucht man hier vergebens.

Charme, Höflichkeit, Wimpernschlagen oder Galanterie sollten Ihnen total egal sein, ebenso wie ein tadelloses Äußeres. Sie sind im Vorstand, haben einen Flugschein und können am offenen Herzen operieren? Geschenkt. In Berlin ist es lediglich die große Klappe, die zählt. Eine lustige und extrem trockene große Klappe wohlgemerkt, nicht die Angeberversion. Wer also bei einer gepflegten Konversation in Wallung gerät, erlebt in Berlin die Flaute des Jahrhunderts. Es sind die Menschen mit Vorliebe für einen besonderen Charme, die sich in Berliner/innen verlieben. Während der Italiener Ihnen zuzwinkert: *Posso unirmi a te?* (Darf ich mich setzen?), und Ihnen der Österreicher die Hand küsst, punktet der Berliner mit der hinreißenden Drohung: *Lieb mir, oder ick zerhack dir die Kommode!*

Sie finden das unwiderstehlich? Dann ist es ja gut, was anderes bekommen Sie hier nämlich nicht. Wenn Sie sich damit arrangiert haben und Ihre/n Lieblingsberliner/in im Arm halten, wird es auch nicht besser: In Liebeserklärungen sind sie nämlich genauso schlecht. *Ti amo*, säuselt der Italiener, *I mog di*, beteuert der Österreicher, und der Berliner? Wie gesteht Ihnen der seine ewige Liebe? *Ick knutsch dir, bis de schielst!*

Selbst der Teil der Bevölkerung, der nicht Dialekt spricht, hat diesen Hang zur lässigen Gefühlsbekundung übernommen. Es passt einfach zu Berlin. Wenn Sie sich trotz dieser Vorwarnung nicht abschrecken lassen, dann viel Glück. Suchen Sie zum Anbahnen am besten eine Bar auf und mischen

Sie sich mit einem Bier unters Volk. Prägen Sie sich ein, worüber die Berliner/innen besonders gerne reden:

- ☞ über das, was man tut, beziehungsweise über das Projekt, das man hat beziehungsweise haben würde, wenn man sich nur dazu aufraffen könnte;
- ☞ über die schönen Zeiten, als die New Economy noch boomte;
- ☞ wo man das beste Sushi bekommt;
- ☞ warum man Berlin trotz der maroden Wirtschaft liebt und nicht verlassen möchte;
- ☞ wie wahnsinnig uncool die Stadt ist, aus der man kommt;
- ☞ die Evolution der Mieten.

Zusatzhinweis: Falls Sie eine Frau sind und auf dem Alexanderplatz angesprochen werden, wo ein junger Mann Ihnen ein Kompliment macht, um Sie dann zu beleidigen, handelt es sich wahrscheinlich um einen sogenannten Pick-up-Artist, einen Profi-Aufreißer. Wenn Sie an so einen gelangen, schlagen Sie direkt zu.

Wo Sie garantiert nicht körperlich werden müssen, ist in Hamburg. Allerdings dürfen Sie da auch nicht körperlich werden, selbst wenn Sie wollen. In Hamburg fasst man sich nämlich nicht an. Niemals. Was in anderen Teilen Deutschlands als Austausch von Körperflüssigkeiten bekannt ist, wird in Hamburg durch das Austauschen von Visitenkarten erledigt. Das ist auch der Grund, warum man in Hamburg lauter Leute kennenlernt, die dorthin gezogen sind. Die Hamburger selbst sind so gut wie ausgestorben. Zum Glück der Hamburger hat die In-vitro-Fertilisation inzwischen jedoch solche Fortschritte gemacht, dass sich sogar alteingesessene Hanseatische Dynastien Hoffnungen auf Nachkommen machen können. Neben ihrer Abneigung gegenüber Körperlichem ist noch ein zweiter Grund verantwortlich für die komplizierte Flirtsituation der Kaufmänner an der Elbe: Sie sind schrecklich unsympathisch. Irgendein hanseatisches Gen ist dafür verantwortlich, dass die Herrschaften stets einen Meine-Kacke-stinkt-nicht-Blick zur Schau stellen, der es dem Rest der Menschheit schwer macht, Sympathien zu kultivieren. Deswegen sind auch die wenigen noch existierenden Familien reihenweise untereinander verheiratet.

Wenn es also unbedingt Hamburg sein muss: Sehen Sie sich nach jemandem um, der selbst zugezogen ist, wenn möglich erst kurz zuvor. Nach einigen Jahren fängt nämlich das Stockfisch-Syndrom an, auch Zugezogene zu befallen. Sind

Sie von südländischem Temperament, dann ahmen Sie einen Scheintod oder einen Morphiumrausch nach, sonst verschrecken Sie Umstehende sofort. Die meisten Flirtwilligen treffen Sie beim Speed-Dating, einer Veranstaltung, bei der man mit möglichst vielen potenziellen Partnern Visitenkärtchen tauschen kann – das ist ganz nach dem Geschmack der Hamburger. Online-Partnerschaftsbörsen und Dating-Plattformen sind in Hamburg auch besonders erfolgreich. Da kann man sich mögliche Partner im Internet ansehen und hat es nicht mit transpirierenden Menschen zu tun. Wenn Sie sich aufgrund von Medienberichten für einen Flirt auf die Reeperbahn begeben, werden Sie hauptsächlich auf verdutzte Schwaben (*Heiligsblechle!*) und Gruppen von Junggesellenabschieden treffen. Die erkennen Sie daran, dass einer in der Gruppe eine alberne Kostümierung oder ein Motto-T-Shirt trägt. Die Teilnehmerinnen des entsprechenden Junggesellinnenabschieds hingegen erkennen Sie an:

☞ Einem Stoffpimmel-Stirnband und an ihrem Brunftschrei, dem »WOOOOOOOO!!!« oder »WOOOOHOOOO!!!«, das ausgestoßen wird, um Männchen anzulocken.

☞ »Wer will noch ein Bier?« »WOOOOHOOOO!!!«

☞ »Hey, ich hab zwanzig Cent gefunden.« »WOOOOHOOOO!!!«

Schritt 7: Die Weltanschauung

Um eine Weltanschauung zu haben, muss man sich zumindest dieser Welt auch bewusst sein, womit wir schon beim ersten Problem der Bayern mit der Weltanschauung wären. Bayern schauen sich lediglich Bayern an und sind sich über die Vorkommnisse und Bräuche im Rest von Deutschland im Unklaren. Dass dieser Rest existiert, davon sind sie überzeugt – nicht dass sie ihn schon mal selbst gesehen hätten, aber es kommen ja genügend *Saupreißn* nach Bayern. *Saupreißn* sind nach einer etwas schwammigen Definition alle, die sich jenseits des gedachten Weißwurstäquators befinden, der ungefähr dem Lauf der Donau entspricht und Franken von Altbayern trennt. Pingeligere Zeitgenossen ziehen für ihre persönliche *Saupreißn*-Grenze lediglich einen circa 20 Kilometer kleinen Kreis um ihren Heimatort.

Der Rest geht auf in einem einheitlichen Konglomerat aus *Preißn* (deutsche Touristen) und *Japanern* (ausländische Touristen).

Dass Bayern ihr Land ungern verlassen, liegt an dem tiefen Misstrauen, das die Bayern gegenüber den anderen Bundesländern hegen. Meldungen über Massendemonstrationen im Schwabenland gegen einen Bahnhof lassen den Bayern ungläubig mit dem Kopf schütteln. Dass unwirtschaftliche Ausgaben in Millionenhöhe die Bürger derart aufbringen, ist ihm nicht geheuer. Als der Hinterleitner Sepp Bürgermeister geworden ist, hat so etwas keinen aufgeregt. Meldungen aus Berlin wiederum verwandeln die Hauptstadt in eine Art modernes Sodom und Gomorrha, und in den Ländern drumherum werden Steuergelder verbraten und Prunkautobahnen von ihrem mühsam abgedrückten Soli gebaut. Sind dies noch Punkte, denen der Bayer zweifelnd bis ablehnend gegenübersteht, so gibt es eine Sache, die lässt ihn vor Entsetzen erstarren. Die ist so ungeheuerlich, dass sogar mit dem Bau einer Mauer rund um Bayern geliebäugelt wurde: Es heißt, in einem Teil *Preißens* werde das Bier in 0,2-Liter-Gläsern gereicht. Dass das wiederum keine Massendemonstrationen auslöst, ist ihnen ein Rätsel. Und wie man eine Maß 0,2-literweise trinken kann, auch. Der Bayer hätte schon Bedenken, das dünne Röhrchen aus Versehen beim Anheben zu zerdrücken.

Für die Weltanschauung des Bayern ist aber ein weiteres Merkmal für die ausreichende Zuordnung von Personen wichtig. Und zwar die Größe des Heimatortes. Beträgt die Einwohnerzahl über 2000, so handelt es sich bei der Person um einen *Stadterer*, also um jemanden, der aus einer Stadt kommt. Im täglichen Gebrauch und aufgrund eines Mangels an Städten in Altbayern bezieht sich diese Bezeichnung häufig lediglich auf Einwohner der Stadt München. Wenn Sie es sich also besonders schwer machen wollen, dann ziehen Sie als Kombination aus *Preiß* und *Stadterer* in ein bayerisches Dorf. Am besten, Sie kommen noch dazu aus einer Stadt mit zweifelhaftem Ruf, zum Beispiel aus Berlin. Berlin sticht.

Berliner stehen den Bayern in ihrem exaltierten Weltbild in nichts nach. Wenn auch nach außen hin offen gegenüber dem Rest der Welt, so ist doch jeder Berliner in seinem Herzen von der Einzigartigkeit und Herrlichkeit seiner Stadt überzeugt. Es ist auch die einzige Stadt, die diese Bezeichnung in seinen Augen verdient, bei anderen Städten handelt es sich lediglich um zentralisierte Siedlungen. Diese Stadt ist vom Berliner *Umland* umgeben, womit der Berliner Sachsen, Sachsen-Anhalt, Mecklenburg-Vorpommern und Brandenburg meint. Das Nachbarland Polen hat eine Sonderrolle als Zulieferer für Zigaretten, Schnaps und Benzin. Der Begriff Ostsee ist im Berlinerischen nicht bekannt, es handelt sich hier um ein Gewässer, das *Unser Meer* genannt wird und dessen Zugehörigkeit zu Berlin somit geklärt ist. Die Hansestadt Hamburg ist, ohne dass es dieser etwas ausmachen würde, zu einer unliebsamen kleinen Schwester geworden, die einem alles nachmacht. Dabei handelt es sich selbstverständlich um eine rein subjektive Empfindung, keine Stadt käme im Leben auf die Idee, Berliner Lösungsansätze zu kopieren. Das anschließende Niedersachsen wird nebulös mit dem Ruhrpott in Verbindung gebracht, das hat etwas mit Kohle zu tun, will der Berliner aber auch nicht so genau wissen. Er ist sich nur relativ sicher, dass ihnen von dort irgendwo die Love Parade geklaut wurde. Der Rest von Deutschland, der sich unterhalb von Niedersachsen und Thüringen befindet, teilt sich in Nord- und Südschwaben, deren Bewohner daran gelegen ist, die Mieten in Berlin hochzutreiben. Das erreichen sie, indem sie dort hinziehen.

Anträge seitens der Berliner Schulbehörden, die Kartografie dahingehend zu verändern, wurden bis jetzt abgewiesen, auch die radikalere Variante, ganz Deutschland außer Berlin zu schraffieren und mit der Bezeichnung *Provinzärsche* zu versehen, stößt bei den Behörden auf Widerstand, vermutlich, weil dort auch bereits Schwaben Einzug gehalten haben.

Irgendwo im Süden befinden sich ein paar Dörfer, in denen die Leute lustige Klamotten und Gamsbart-Hüte tragen und in ihrer Freizeit jodeln und schuhplatteln. Dort in der Nähe muss sich auch das sogenannte *Oktoberfest* befinden, ein kleiner Dorn im Berliner Auge, da es bei Touristen aus aller Welt ebenso beliebt ist wie die Hauptstadt.

Für echte Berliner und vor allem für jene, die dorthin gezogen sind, ist das nicht nachvollziehbar, handelt es sich bei Berlin doch um das Grandioseste, was das Land, wenn nicht die Welt zu bieten hat. Exakt den gleichen Standpunkt vertreten die Kölner – allerdings in Bezug auf Köln, versteht sich.

Der große Unterschied ist, dass die meisten Besucher der Stadt Berlin die große Verliebtheit der Berliner in ihre Stadt verstehen können. Bei Köln ist dies nicht der Fall. Deswegen bilden die Kölner unter sich eine verschworene Gemeinschaft: Sie wissen um einen Reiz der Stadt, der Außenstehenden verborgen bleibt. Sie haben einen Narren an ihrer Stadt gefressen, was hinsichtlich des Theaters, das während der Karnevalszeit aufgeführt wird, durchaus wahrscheinlich ist. Um die Weltanschauung der Kölner zu verstehen, ist es wichtig, die konsequente Verachtung der Stadt Düsseldorf inklusive all ihrer Bewohner, Bauwerke und allem, was sie hervorbringt, zu verinnerlichen. Es handelt sich dabei nicht um eine unterschwellige Antipathie oder versteckte Ressentiments, sondern um eine herzliche Feindschaft, aus der kein Hehl gemacht wird. Ob es tatsächlich wahr ist, dass sich Köln hartnäckig weigert, Verkehrsschilder aufzustellen, die den Weg nach Düsseldorf weisen, sei dahingestellt. Sicher jedoch ist, dass ein Kölner Verlag das Buch *Alles, was man über Düsseldorf wissen muss* herausgebracht hat – und zwischen den Buchdeckeln befinden sich lauter leere Seiten. Schon ein altes chinesisches Sprichwort lautet: Das Glück eines Dorfes hängt davon ab, dass es einen gibt, den alle hassen können. Dieser eine ist für Köln Düsseldorf. Sie halten das für eine übertriebene Darstellung? Dann lesen Sie mal die Lieblingswitze der Kölner über Düsseldorfer:

☞ Wie nennt man es, wenn sich zwei Düsseldorfer einen Strohballen zuwerfen? Gedankenaustausch.

☞ Was hat ein Düsseldorfer, der einen Strohballen hinter sich herzieht? Einen externen Speicher!

☞ Über Köln lacht die Sonne – über Düsseldorf die ganze Welt!

☞ Was ist das Beste an Düsseldorf? Die Autobahn nach Köln.

- ☞ Warum hat Nero Rom niedergebrannt? Weil es Düsseldorf noch nicht gab.

- ☞ Wie entstanden die Düsseldorfer? Am 6. Tag schuf Gott die Affen. Nachmittags ging ihm das Fell aus.

- ☞ Was haben Wolken und Düsseldorfer gemeinsam? Wenn sie sich verziehen, könnte es ein schöner Tag werden.

- ☞ Was ist ein Düsseldorfer im Knast? Artgerechte Haltung.

- ☞ Warum sprechen Blondinen nicht mit Düsseldorfern? SO doof sind sie nun auch wieder nicht.

- ☞ Warum will ein Kölner auf dem Sterbebett unbedingt ein Düsseldorfer werden? - Lieber ein Düsseldorfer weniger als ein Kölner!

Sehen Sie.

Wenn Sie auf der Suche nach einem Plätzchen mit etwas weniger überspanntem Weltbild sind, ziehen Sie das Schwabenländle in Betracht! Von überspannt kann hier keine Rede sein. Das hat damit zu tun, dass Schwaben ihr Weltverständnis wie eine Schwabenbrille aufhaben: Egal, welchen Teil der Welt sie betrachten, sie sehen ihn auf Schwäbisch. Obwohl sie sehr viel reisen, sind sie somit vor dem Einfluss von außen gefeit. Die bleiben genau so, wie sie sind, auch wenn sie den gesamten Globus umrunden. Die Reiselust der Schwaben ist legendär. Wohin Sie auch fahren, wie weit Sie auch fliegen und wie tief Sie tauchen – es gibt mindestens einen Schwaben vor Ort: *Grissgodd*!

Es heißt, als Kolumbus in Amerika landete, war in seiner Mannschaft auch ein Schwabe. Alle bekamen aufgrund des freudigen Ereignisses Landurlaub, und der Schwabe kam als Einziger zu spät aufs Schiff zurück. Kolumbus stauchte ihn tüchtig zusammen und fragte, warum er so spät komme. Da antwortete der wackere Matrose: *Entschuldigad Se vielmols, Herr Kolumbus, abr i han an Landsmann aus Sendelfinga troffa.*

Sie lachen vielleicht, aber das ist kein Witz!

Was sieht der Schwabe in der Alhambra? Dass hier schon lange niemand feucht gewischt hat. Im Grand Canyon? Könnte auch mal jemand durchfegen. Und Rom? *Da lag jed Menge Kaugummibabir am Boden!* Das fällt ihm halt auf, was will er machen.

Probleme mit dieser Art bekommt er erst, wenn der Schwabe seinen natürlichen Lebensraum verlässt und sich anderenorts niederlässt. Da er nicht aus seiner Haut kann, wird er sofort damit beginnen, es sich recht schön schwäbisch einzurichten. Das kann dazu führen, dass sich die Nachbarn am Sonntagmorgen ungläubig die Augen reiben, weil der Neue seit sieben Uhr früh gut gelaunt das Treppenhaus wienert: *Bin ich diese Woche mid budze dro, odr?* Dass seine Nachbarn nicht nur das Putzen verweigern, sondern obendrein in regelmäßigen Abständen die Nacht zum Tag machen und auch nach 22.00 Uhr noch Musik in Zimmerlautstärke hören, lässt den Schwaben schier verzweifeln. Der Versuch, sich seine Welt so zu gestalten, wie er es gewohnt ist, lässt wiederum die Welt verzweifeln, und nicht selten sind gegenseitige Anfeindungen das Resultat. Besonders für den Berliner scheint die Situation schwierig, oder wie schon Rielke sagte: *Ihm ist, als ob es tausend Schwäble gäbe und hinter tausend Schwäble keine Welt.*

Weniger Schwierigkeiten werden Sie haben, wenn Sie nach Österreich ziehen. Österreicher sind nicht nur in aller Welt beliebt, was in enger Verbindung zu der bereits erwähnten Skilehrer-Nummer steht. Das Weltbild von Österreichern ist auch deutlich entspannter: Nicht-Österreicher, die in ihrem jeweiligen Land verbleiben, sind gut, Nicht-Österreicher, die nach Österreich kommen und wieder fahren, sind Touristen und gut, Nicht-Österreicher, die nach Österreich kommen und nicht wieder wegfahren, sind Ausländer und nicht gut. Eine Sonderstellung bilden die Deutschen, mit denen sie eine brüderliche Hassliebe verbindet, wie sie jeder kleine Bruder gegenüber seinem großen Bruder empfindet.

Aufgrund der beengten Flächenverhältnisse in Österreich ist es dem Land unmöglich, dieser Geschwisterstellung zu entwachsen, was in einem Minderwertigkeitskomplex kulminiert, mit dem die Österreicher auf verschiedene Weise umgehen. Je nach Bildungsgrad und sozialer Herkunft wird er auf unterschiedlichste Art und Weise kompensiert. Die Bandbreite reicht dabei von bärbeißigen Versuchen, durch den Einsatz von stark dialektgefärbter Aussprache Auswärtige zu vergraulen, bis hin zu feinsinnigem schwarzem Humor, dem Wiener Schmäh. Diese schlitzohrige Form der Kommunikation kann dabei derart versteckt sein, dass sie für Ausländer nicht zu bemerken ist. Wiener Schmäh ist Verachtung (aber nicht nur solche) in ihrer höflichsten Form. Der Schmäh umschreibt stets in ironischer Form. Da wird zum Beispiel ein Wiener Schnitzel mit Reis zum *Bröselteppich mit Chinesenschotter.*

Wie es zur Entstehung des Schmähs kam, dazu hat der Kabarettist Josef Hader eine Theorie: *Man merkt schon, dass hier eine Residenzstadt war mit einem Kaiser und einem Lakaiensystem, das bedeutet, dass die Menschen das offene Wort nicht besonders schätzen. Und dass sie im Lauf der Jahrzehnte oder auch Jahrhunderte entwickelt haben eine Art verschlüsselten Code, ja, womit man unangenehme Dinge aussprechen kann, ohne sie direkt anzusprechen.*[6]

Gleichzeitig ist der Schmäh in seiner Unergründlichkeit und dem nicht Greifbaren das perfekte Symbol der österreichischen Weltsicht: Inmitten einer eher negativen Lebensart, geplagt vom Unbill der Welt und der Sinnlosigkeit des Lebens, des Universums und allem anderen, ist er der Rettungsanker, der den Österreicher mit etwas Zynismus vor dem Untergehen bewahrt. Das muss man erst mal hinkriegen.

Wenn Ihnen diese Schmäh-Sache zu schwammig und unklar ist, werden Sie sich in Hamburg leichter tun. Die Hamburger Weltsicht hat in ihrer Einfachheit etwas überaus Anziehendes. Dabei werden Sie kurz gescannt, und noch bevor der Scan zu Ende ist, weiß Ihr Gegenüber, ob Sie ihm ebenbürtig sind, was in der Regel nicht der Fall ist. Der Zeitraum bis zur Entscheidungsfindung ist vergleichbar mit der Aufmerksamkeitsspanne einer Hyäne: Die sieht ein anderes Tier und entscheidet innerhalb von einer Millisekunde: interessant (kann man fressen) oder uninteressant (kann man nicht fressen). Nach der Entscheidung der Hamburger (kann man nicht fressen) stellt sich eine Strategie freundlicher Igno-

---

[6] *Deutschlandradio, 28.1.2005, »Der Wiener Schmäh. Ein Führer durch die österreichische Seele«, von Irene Binal.*

ranz ein, die so lange verfolgt wird, bis das Gegenüber (Sie) die Bildfläche verlässt. Dabei gibt der Hamburger noch nicht mal Gelegenheit für eine große Szene, er beleidigt nicht und benimmt sich nicht daneben. Er gibt Ihnen mit seiner aalglatten, oberflächlichen Interesselosigkeit lediglich das Gefühl, dass er in der Evolutionskette eine Stufe über Ihnen steht. Wenn Sie also Hamburger werden wollen, brauchen Sie ein kleines Podest oder eine Trittleiter, die es Ihnen ermöglicht, sich spontan zu erhöhen. Das ist unterwegs zwar unpraktisch, aber vonnöten.

An dieser leicht arroganten Sicht der Dinge sind die Hamburger aber nicht allein schuld, sie resultiert aus ihrer Vergangenheit. Vermutlich stammt sie aus der Zeit nach der Gründung des Deutschen Kaiserreichs und des Zollbeitritts Hamburgs, als die Stadt plötzlich zum Tor der Welt und mit Reichtum überschüttet wurde. Das ist das Gleiche wie in Nürnberg, wenn Sie dort die Bratwürste loben: Selbst der vegetarischste Franke wird sich geehrt fühlen, als hätte er die dünnen Würstchen höchstpersönlich erfunden. In Hamburg fühlten sich damals selbst die Hausangestellten mitverantwortlich für die Entwicklung der Stadt und kultivierten einen Stolz, der dem großer Staatsmänner in nichts nachstand. Wenn Sie also heute auf einer Party verzweifelt versuchen, mit ein bisschen Small Talk ins Gespräch zu kommen, und an der polierten, abgewandten Höflichkeit der Hamburger abprallen, dann seien Sie nicht beleidigt. Es handelt sich lediglich um die, wenn auch mäßig sympathische, Einstellung ehemaliger Hausangestellter. Die Weltanschauung der Hamburger muss Sie aber nicht davon abhalten, dort glücklich zu werden. Es gibt 250 000 aufgeschlossene und freundliche Hamburger, die Sie herzlich aufnehmen. Dabei handelt es sich um 49 433 Türken, 21 289 Polen, 12 247 Afghanen, 48 825 Asiaten, 18 054 Afrikaner, 10 914 Hamburger aus Nord- und Südamerika und 961 Australier, einschließlich Ozeanien (Stand 2013).

Diese Ungleichheit haben Sie in der Schweiz nicht zu fürchten. Die neutrale Schweiz macht ihrem Adjektiv alle Ehre und findet Ihre Zuwanderung generell kacke, egal, woher Sie kommen. Demnach müssen Sie, wenn Sie sich in der Schweiz heimisch fühlen wollen, den Spagat zwischen

a. *es soll fei niemand ins Ländli kommen und*
b. *der europäische Binnenmarkt ist supr, odr?*

schaffen. Mit einfacher Schizophrenie kommen Sie da nicht weit. Schwierig gestaltet sich auch die Argumentation, dass die ungeliebten Ausländer jeglicher Couleur zwar kommen sollen, um ihr Vermögen in der Schweiz abzulegen, danach aber bitte schön wieder zu fahren haben. Für Deutsche bietet sich in der Schweiz die einzigartige Möglichkeit, sich als ungeliebte Ausländer zu fühlen. Während sie in anderen Ländern mit den Adjektiven

1. pünktlich,
2. zuverlässig,
3. sauber

mit Vorschusslorbeeren überhäuft werden, egal, was sie tun, wechseln diese Adjektive in der Schweiz zu:

1. laut,
2. unverschämt,
3. unhöflich.

Ebenfalls egal, was sie tun. Das ist für den Deutschen eine neue Erfahrung, mit der er nicht gut umgehen kann. Im Idealfall sensibilisiert ihn das für den Umgang mit Ausländern in Deutschland, sofern diese nicht aus Osteuropa kommen, natürlich, denn diese sind laut, unverschämt und unhöflich.

Es ist diese feinfühlige, fürsorgliche und zuvorkommende Schweizer Höflichkeit, die den Schweizern den Eindruck vermittelt, außerhalb ihrer Landesgrenzen hausten die Orgs. Franzosen? Orgs, die guten Wein machen. Italiener? Orgs, die lustig gestikulieren beim Sprechen. Deutsche? Orgs, die sich ständig beschweren.

Das macht die Eingewöhnung am Anfang etwas schwierig, aber wer einmal ein paar Jahre in der Schweiz verbracht hat, wird staunen, wie viel Höflichkeit er schon bald in eine normale Bierbestellung integrieren kann: »Entschuldigen Sie, wenn es Ihnen keine Umstände bereitet und Sie das nächste Mal sowieso vorbeikommen – und natürlich nur, wenn Sie noch eine Hand frei haben –, also, dann hätte ich gerne ein Bier, wenn es nichts ausmacht.« Um Kritik anzubringen, verfolgt der Schweizer eine ähnlich komplizierte Strategie: Er versteckt den Kritikpunkt unter einem großen Haufen Komplimente im Voraus und im Nachhinein, sodass er für das ausländische Auge kaum mehr zu erkennen ist. Ist also Ihr Bier zum Beispiel schal, heißt das nicht »Entschuldigen Sie, aber das Bier ist schal«, sondern:

»Dieses vorzügliche, professionell eingeschenkte Bier, das auch in der Farbe sehr hübsch ist, macht auf mich als Amateur den Eindruck, als könnte es einen Hauch mehr Kohlensäure vertragen, wobei diese Sorte bestimmt unter Kennern am besten so getrunken wird.«

Diese durchaus bezaubernde Art, miteinander umzugehen, kann für Ungeübte anstrengend sein. Zum einen, weil man sich im Formulieren üben muss, zum anderen, weil man nie ganz sicher sein kann, ob man nicht eben herb kritisiert worden ist, ohne es gemerkt zu haben. Wo man mit Sicherheit immer alles versteht, ist auf Sylt. Erstens sind da nur Deutsche und keine Schweizer, und zweitens handelt es sich dabei um welche mit Geld. Ein Umstand, der sich oftmals negativ auf der Höflichkeitsskala auswirkt.

In Sylt geht die Bierbestellung einfacher: »Ich bekomme ein Bier«, heißt das hier, wenn man sich überhaupt die Mühe macht und nicht einfach nur sein Glas (oder die Flasche Dom Perignon) hochhält und dabei die Augenbrauen hochzieht.

Die Weltsicht der Sylter Ureinwohner hingegen ist getrübt durch die Touristenmassen, die durchaus eine halbe Million für ein Ein-Zimmer-Apartment zahlen, um ein Feriendomizil auf der Insel zu haben. Da muss Sylt ja der schönste Ort der Welt sein! Kein Wunder, es gibt Meer und Sand und – also viel Sand. Die irritierten Blicke von einem Spanier, der, sagen wir, auf Teneriffa lebt, werden gekonnt ignoriert, ebenso die Frage, wo denn die Palmen hingekommen seien und ob das Wasser immer so kalt sei. Warum man für den Strand Eintritt bezahlen müsse? Und was dieser »Naturschutz« sei, der das Betreten der Dünen verbiete? Da verweist der Sylter auf Krabben, Wattmeer und den herrlichen Wind. Nicht mal das Wahrzeichen, der Strandkorb, hat es an die Strände dieser Welt geschafft, was auch an dem »herrlichen Wind« liegen kann, den man anderenorts vermisst, wenn auch nicht schmerzlich. Der Sylter aber bewahrt sich das Bild seiner Heimat als des Landes schönstes Plätzchen, vor allem, weil er aufgrund der hohen Mieten nicht verreisen kann. Marketingmäßig ist Sylt in jedem Fall ein ganz großer Coup gelungen. Ähnlich einer Bar in München, die zur Eröffnung und die erste Woche lang zwei Türsteher vor ihrem Eingang positionierte und niemanden reinließ. Konsequent wiesen sie dort alle Reichen, Schönen und Hippen ab, den Rest sowieso. Was soll man sagen: Es hat funktioniert. Die Bar war schon bald die angesagteste Location der Stadt.

Nachwort

Falls Sie immer noch wild entschlossen sind umzuziehen, wünschen wir Ihnen natürlich viel Glück und freundliche Nachbarn. Wir hoffen, dass wir zur guten Nachbarschaft beitragen konnten. Falls jedoch das Richtige für Sie nicht dabei war, dann wandern Sie doch aus und freuen Sie sich auf das Erscheinen von:

In sieben Schritten zum Mallorquiner/ Spanier/ Italiener und Australier!